ぼくたちのリメイク

著者：木緒なち｜イラスト：えれっと

Remake our Life!
Let's time-travel to 10 years ago
and reenjoy creative
and sweet youthful days.

Volume
11

無駄なことなんか
ひとつだって

その小ささに、
たたずまいの柔らかさに、
覚えがあった。
「恭也くん」

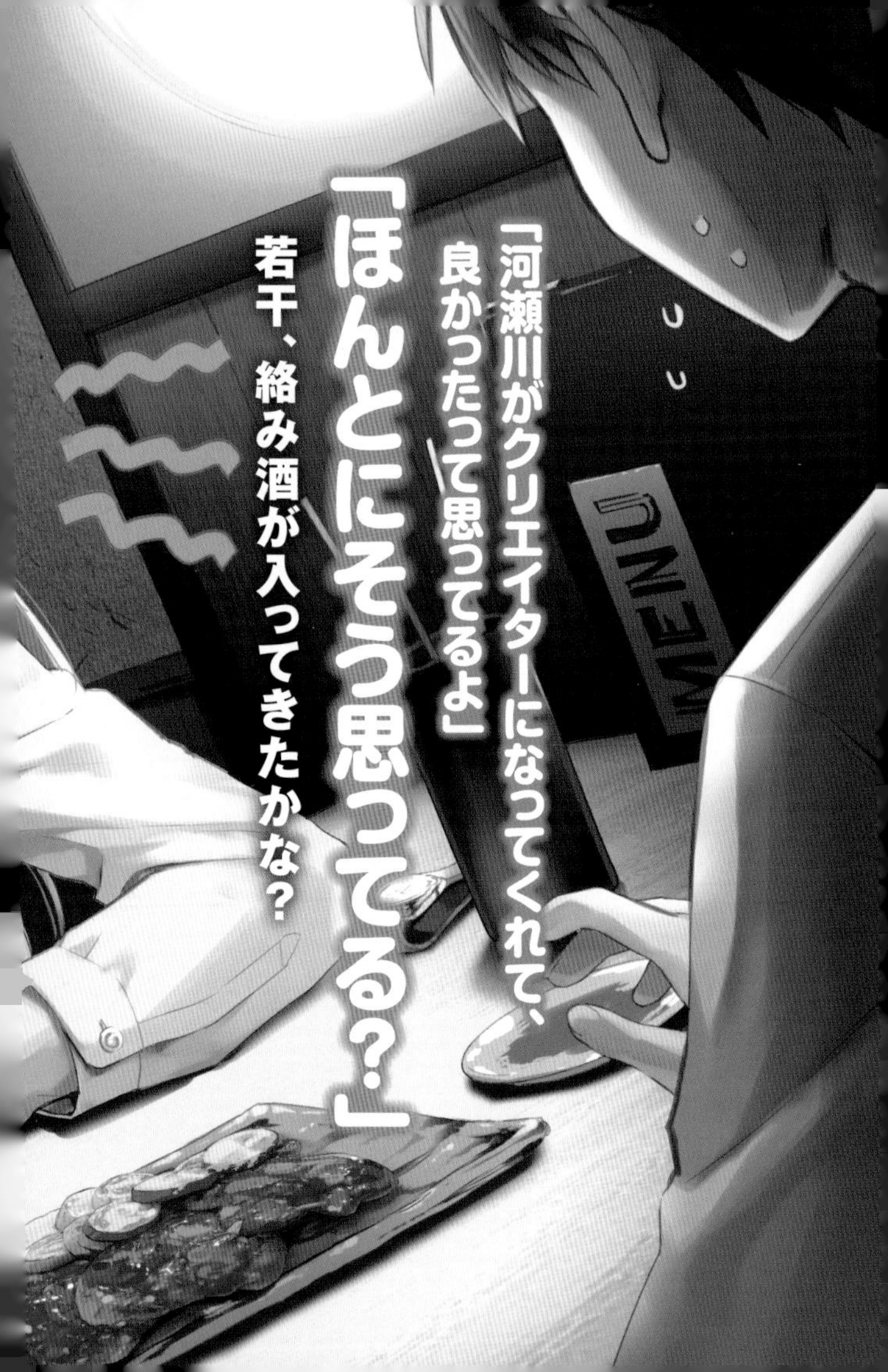
「河瀬川がクリエイターになってくれて、良かったって思ってるよ」
「ほんとにそう思ってる？」
若干、絡み酒が入ってきたかな？
MENU

キャラクター紹介
TSURAYUKI ROKUONJI
鹿苑寺 貫之
（ろくおんじ・つらゆき）
KYOUYA HASHIBA
橋場 恭也
（はしば・きょうや）
EIKO KAWASEGAWA
河瀬川 英子
（かわせがわ・えいこ）

TAKAYOSHI
九路田 孝美
(くろだ・たかよし)
SHINO
志野 亜貴
(しの・あき)
KOGURE
小暮 奈々子
(こぐれ・ななこ)

Volume 11

ぼくたちのリメイク 11

Remake our Life!
Let's time-travel to 10 years ago and reenjoy creative and sweet youthful days.

無駄なことなんかひとつだって

もくじ

Contents

ぼくたちのリメイク11
無駄なことなんかひとつだって

木緒なち

MF文庫J

口絵・本文イラスト●えれっと

プロローグ

過ぎた日々に

Remake our Life!

子供の頃、両親が離婚した。

覚えている限りでは、小学生の頃、既に母親は家にいなかった。父とどんな理由で別れたのか、今でも聞けていない。

でも、当時の僕にはそんな事情など知るよしもなかった。ただ黙々と仕事をしていた父と、同情めいた表情で僕を見る親戚たちと、そして誰もいない自宅だけが、状況をまざまざと見せてくれただけだった。

小学校の授業が昼過ぎに終わり、家へと帰ってくる。そこから夜までの時間が、僕はとても苦手だった。

「ただいま」

合鍵で玄関のドアを開け、中に呼びかける。もちろん、そこに返事はない。

父の仕事は忙しく、夜はかなり遅いときも多かった。近くに住んでいた祖母や叔母が家にいてくれたときもあったけれど、基本はいつもひとりだった。妹がいれば話し相手にも困らなかったのだろうけど、いつも日が暮れるまで帰ってこなかった。幼い頃から社交的だった彼女は、外で友達と遊んでいたからだ。

誰もいない家の中を、なるべく状況を理解しないままに駆け抜け、自分の部屋へと逃げ込む。特にリビングにはいたくなかった。家族を意識する場所にひとりでいるなんて、当時の僕にはあまりにつらかったからだ。

6畳の部屋に入り、ドアに鍵をかける。どうせ誰もいないのだから、かける必要なんてないのだけれど、それは僕にとって、自分の空間を作る儀式のようなものだった。

ハァ、と息を吐き出し、テレビの電源をオンにする。

アンテナは一応繋《つな》がってはいたけれど、チャンネルを合わせることはほとんどしなかった。いつも画面は、外部入力のままで固定されていた。

テレビ台の下に手を伸ばし、慣れた手つきでゲーム機のスイッチを押し込む。パチッという小気味良い音と共に、ブラウン管の画面が一瞬、光に包まれ、そしてぼんやりとハードのロゴマークが表示される。

そこからはもう、僕だけの世界だった。

その当時、ハマっていたのはＲＰＧだった。後に不朽の名作と言われる名作ＲＰＧのシリーズで、小学生にはやや難解だったダンジョンに、何度も何度も挑戦し続けていた。攻略本に頼りたくない一心で、自分でマップを作ってメモを残し、気づいたことを記入するクセがついていった。

アクション、アドベンチャー、パズル、様々なジャンルのゲームに好き嫌いなく手を伸ばした。折しもゲーム業界は新ハードの群雄割拠のまっただ中で、毎月のように話題作が発売されるゲームの黄金期でもあった。

ゲームに飽きるとマンガを手にした。週刊誌大全盛期で、もちろん雑誌は買っていたけれど、コミックスでも話題作を追っていた。少し年齢が上がるとライトノベルにも興味を持った。学校で教わる小説はなんだか堅苦しくて遠い世界に思えたけど、自分とそう年代の変わらない子たちが主人公となって活躍する話は、たまらなく魅力的で、マンガとはまた違う世界が広がっていた。そしてライトノベルを一通り読み終えた頃に、また新しいゲームが発売されて、時間を忘れて没頭した。

中学生になり、そして高校生にもなると、そうしたタイプのエンタメからは少し距離を置くようにもなっていた。実写の映画やドラマ、そして音楽といった、新しいものへの興味が強くなったのと、インターネットの普及によって選択肢が広がったからだった。

でも、僕の中でゲームやマンガ、ライトノベルは別格の存在であり続けた。幼少期、僕をずっと支えてくれたのはそうしたエンタメの力だった。だからいつでも、テレビは外部入力のままだったし、読んだマンガも、散々プレイし尽くしたゲームも、古本屋や中古ショップに売ることなく、僕の側《そば》へ置いていた。

冷え切った心を、強く揺さぶり、そして包み込むことで熱を与えてくれた作品たち。いつしか、僕はそうした作品を受け取る側じゃなく、作る側になれないだろうかと考えるようになった。自分を救ってくれたものに対しての憧れ。物語において、名もなき少年が勇者に憧れるようなもので、それは至極、当然のことだった。

だけど、学校の先生や父親は反対した。成功者がいかに少ない世界か、リアルに生活をしていくのがどれだけ大変かということを挙げて、思い直すように伝えてきた。夢と可能性にあふれていたあの頃でも、そうしたリアルな話は次第に熱を冷ましていった。せめて受験だけでもと、芸大《げいだい》を受けたのはささやかな反抗であって、内心ではもう、作り手になるつもりはほとんど残っていなかった。

そして僕は普通のルートを選び、中途半端に道をそれ、大きな挫折をした。もはや可能性は欠片《かけら》も残っていないと絶望していたら、
突然、10年前の世界へタイムスリップした。

運命だと思った。やっぱり可能性はあったのだと思った。しかも記憶を部分的に持ち合わせていて、いわゆるチート的なこともできる素養まであった。僕は選ばれた。選ばれたからここにいるんだ。エンタメに対して抱え続けてきた思いを、作品や人に対してぶつけて、失った熱量を取り戻そうとした。大きな間違いから、友人の未来を閉ざしかけたこともあったけれど、なんとかその軌道修正もできて、みんなを無事、クリエイティブの本流へと誘《いざな》えた。

未来を変え、自分がどこかへ居場所を作るということは、そこに本来あるべきだった人

間に影響を与えることになる。みんなのことを考え、自分がいることでの悪影響をなくそうとしていけば、自らを邪魔者であると考えるようになる。大きな矛盾を抱えながらも、僕はエゴを貫いた。それが可能だと思ったから。自分のやりたいことのために、みんなを導きつつも、目標に向けて突き進んできた。

だけど、気づいてしまった。自分には限界があったことに。可能性が、途中で潰《つい》えてしまったことに。

意外だった。もっとさみしさや、悔しさを覚えるものとばかり思っていた。だけど、自分で思っていたよりもずっと、僕は自分というものの中身を把握できていた。これまでに積み重ねてきたものと、これから生み出せるものについて、見事なまでにその残量が見えてしまっていた。

あの日、ファミレスでみんなの前で報告をした直後から、僕は完全にスイッチを切り替えた。夢の世界から現実へと戻る手順だった。さながら、小学生の頃にゲーム機のスイッチをオフにした体験と重なっていた。ずっとこの世界にいられるわけじゃない。そんなにうまく世の中はできていない。4年をかけてこびりついていた違和感が、ここにきて現実になった瞬間だった。

粛々と、やるべきことをやり、僕は現実の世界への引っ越しを始め、卒業を迎える頃にはもう、すべての線を引き直していた。

そして僕は1人へと戻った。

時は再び、僕が戻る前の時代、2016年を迎えていた。

◇

目の前には、震え続けるスマホがある。

今年の9月、アメリカのメーカーで華々しく発表があったばかりの最新機種だ。この1台で、写真も動画も撮れて編集もできて、数々のアプリも使うことができる。アプリを通じて通話ができるようになったことで、過去のように電話料金に悩まされることも少なくなった。

今や、プライベートの友人は、当然のようにアプリから通話をかけてくる。

しかし、今届いている着信は、昔からのキャリアからのものだった。つまりは、仕事相手からか、もしくは長く連絡を取っていない、アプリでのやり取りのない相手ということになる。

そして僕は、画面に表示されている名前も相まって、その理由が後者であることを知っていた。

河瀬川《かわせがわ》英子《えいこ》。

大学時代、ずっと親しくしていた女子だ。たくさん相談にも乗ったし、逆に愚痴を聞いてもらうことも数多くあった。

だけど、卒業後に別々の進路を選んでからは、段々と疎遠になっていった。1週間に1度あった連絡が1ヶ月に1度になり、季節の変わり目の挨拶になり、そして途絶えた。

いつも連絡は彼女の方からだった。僕からはなんとなく連絡がしづらくて、それで次第に連絡を取る間隔が空いていった。嫌いになったとかそういうわけじゃなく、共通しての話題が少なくなってくると、次第に会話の間が持たなくなってきたからだ。

大学生の頃は、それこそ何時間でも話ができていたはずなのに。コーヒー一杯で延々と創作のことを語っていた会話は、たかだか10分程度の会話でも無言の時間が生まれるようになり、それがやがて負担になってきた。

そんな彼女からの連絡。

「同窓会の連絡、いや、そんなの聞いたことがないよな」

確認するように独りごちる。大学の同期で、そんなことをやる空気になったことはなかった。友人同士ではあったけれど、無目的にただ集まって過去を尊ぶような、そういう会を開くような関係ではなかった。

それならば、どうして。

「誰か……何かあったのか？」

ひさしぶりの友人からあった連絡で、考えられるのはそれだ。あまり選択肢に入れたくはないけれど、大人になることで不幸の量も次第に増えていく。

それならば、しばらくぶりの連絡というのも合点がいく話だった。

僕はスマホを拾い上げ、緑色の着信ボタンを押そうとしたところで、

「……あれ?」

コールは途中で切れた。スマホは何事もなくホーム画面へと表示を変え、不在着信を示す赤色の点だけが、虫に刺されたあとみたいに通話アイコンの脇へと残った。

「出なくてよかったんですか?」

声をかけられてハッと顔を上げると、峰山《みねやま》さんが怪訝《けげん》な様子で僕の方を見ていた。

「あ、うん、非通知だったから、出なくていいやって」

「そうですか、ならいいんですけど」

峰山さんも、さして気にする様子もなく席へと戻っていった。僕は椅子へ深々と腰を下ろすと、再びスマホの画面へと目を移した。

着信履歴には、やはり彼女の名前が間違いなく残っていた。

河瀬川《かわせがわ》英子《えいこ》。その名前は、ただ大学の同期であるという以上の意味を、いやでも僕に問いかけてくる。そして、その意味を少しでも考えてしまったら、折り返しで連絡を取るつもりがなくなってしまう。

友人の不幸、もしくは祝い事。連絡を取る必要のあるあれこれで済むのならばいいのだけれど、もし、別の目的だったとするならば。

僕は考える。彼女からの連絡が、特別な意味を持つものだったとしたら。過去に置いてきたものを、再び呼び起こすためのものだったとしたら。

「あるわけない、よな」

自嘲して、スマホを放り出す。

すべてはあのときに終わった。分岐点を自ら作り、そこで選択をした。実際に、今僕は別の世界へと進み、一定の成果を残してここに存在している。

過去はどうしても美化されるもので、どんなに嫌で苦しいことでも、過ぎ去ってしまえば経験となって光り輝く。今抱いているこの曖昧な感情も、きっとそれに類するものなのだろう。

あの頃、みんなで抱いていた創作というキラキラした物体が、ただひたすらに現実と立ち向かうこの世界に突如現れ、輝き照らしてくれたのだとしたら。どれだけ素敵なことだろうと思うけれど、それはどこまでいっても逃避でしかない。

そもそも、過去にすがって生きること自体、現在に対して失礼な話だ。

「大切な用事なら、またかかってくるだろ」

スマホを拾い、いつもそうしているようにポケットへとしまう。

「峰山《みねやま》さん、次のミーティング何時だっけ」

「16時です、さっきチャットに資料送っておきましたので目を通してください」

ありがとうと礼を言って、社内連絡用のチャットをブラウザから開く。

見慣れた赤いアイコンをクリックして、数枚の資料を頭から読み始める。今年の夏に向けての商品展開と、クライアントからの目標数値、アピールしたい層などの情報が次々と頭に飛び込んでくる。

フリー素材から持ってきたのか、イラストが何点か配置されている。その中にあった女の子のイラストが、妙に引っかかった。

ショートカットで、パーカーを着た女の子。よくよく見てみれば似ていないはずなのに、不思議と重なって見えてしまった。

(――なんだろうな、もう)

学生生活のことを思い出したからだろうか。その存在を、そして創るものを見てきた彼女の姿が、思い起こされた。

思えば4年間、彼女はずっと僕の中心に在り続けた。きっかけも、原動力も、そして終止符を打つときも。いつも彼女はそこに居続けた。

でも、今の僕の中には彼女はいない。ときどきこうやって、不意に現れては消えるぐらいで、常に在り続けてはない。

フーッと息を吐き、頭を横に振る。気が散りすぎだ。これでは、夕方のミーティングで失礼なことになりかねない。

「集中しよう、集中」

20人ほどが机を並べるこの部屋では、電話応対以外はほとんど声も聞こえてこない。特に私語を禁止しているわけじゃないけど、みんなまじめに仕事をする空気ができあがっていて、自然とピリッとした空間になっていた。

だけど今は、少しばかり他愛《たあい》のない雑談を聞きたい気分だった。ヘッドホンをつけ、動画サイトから喫茶店の店内音声という動画を開き、その音に耳を傾ける。

喧噪《けんそう》の中、改めて資料へと目を移した。

イラストのあったページを飛ばし、数字とテキストが並ぶ場所へと目を移す。そうしたらやっと、頭がいつもの業務へと移り変わってくれた。

彼女からまた連絡が来たら、用件だけを聞いて切ろう。今どうしてるとか、そういう話は互いにむずがゆくなるだけだ。

何より僕自身、そういう話に対応できそうもない。

物語はすでに、エンディングを迎えたのだから。

午後のミーティングは無事に終わり、それぞれ次に顔を合わせるときまでに成果物を出すという流れが決まって解散となった。

「では、引き続きよろしくお願いします」

クライアントの広報担当をエレベーターまで見送り、その後、同席してもらったプランナーとコピーライター、デザイナーを労《ねぎら》って、また同様に見送る。ホッと息をついたところで、同席していた専務の早川《はやかわ》から声をかけられた。

「ほんと、まとまってよかったな。お疲れさま」

「早川の妥協ラインが的確だったからだよ。あれで上手《うま》くことが運んだ」

そう返すと、彼は首を横に振って、

「とんでもない。橋場《はしば》がいい流れにしてくれたから、なんとかなったって感じだ。実際のところ俺だけだったら、どうなってたかわからんよ」

社交辞令で言っているという感じでもなく、心底そう思っての言葉のようだった。

起業以来、早川と僕は見事に業務の担当が分かれていた。

彼はお金周り。そして僕は渉外。人を見るより数字を見る方が得意だという早川にとって、僕みたいな人間はうってつけの存在だったらしい。

「そろそろ、誰かに俺らの仕事を任せたいとこだけどな」

「任せられるように覚悟を決めなきゃ、だよ。営業の多田《ただ》君、予算表作ったら専務に死ぬほど赤字入れられましたってしょんぼりしてたぞ」

「はは、まあ、そうやって段々任せられるようになるんだよ、多分な」

言ってる僕も、スタッフの子が仕切るミーティングの進行や意見出しにチェックを入れまくるのだから、人のことは言えたもんじゃない。

「そもそも、チェックを入れるのはある程度認めてる証拠だよ。入れられないレベルだったら、自分で全部やるって言うだろうしな」

「ああ、その通りだ」

直せるっていうのは、直す余地があるからそうしているわけで、手の付けられないものなら最初から作った方がいい。

これまでの経験が、そう教えてくれた。

社員数20名にも満たない、小さな広告代理店。

それが、今の僕が働いている、いや、経営している会社だった。

代理店とはいっても、超大手の花形企業とは何もかもが違う。下請けを依頼する余裕なんかないから、何から何まで自分たちでやらなくちゃいけない。

だけど僕は、そんなハンドメイドの会社経営が、とても性に合っていた。かつてやっていたものづくりの現場に近いことも、あるのかもしれなかった。

「なあ、橋場《はしば》」

早川《はやかわ》は、何気なく聞くような感じで、

「お前の交渉術とか会議を上手《うま》く進めるスキルって、どうやって磨いたんだ?」

「それは——」

少し、言葉に詰まった。

制作進行という立場で、4年間動き回ったこと。それらが今の僕を作り上げたことについて疑問を挟む余地はない。

早川は、僕が芸大《げいだい》の出身であることを当然承知している。だから、言ったところで別に何か差し障りがあるわけじゃないのだけど、

「大学の頃、まとめ役をやることが多かったからね。それでなのかもしれない」

でもなぜか、そのまま答えるのをためらってしまった。

「なるほどな、たしかに橋場はそういうのを任されそうだ」

その説明で納得がいったようで、大きくうなずいていた。

「今後も頼りにしてるぞ、社長」

早川は僕の肩を軽くたたくと、いつものように颯爽《さっそう》と会議室を出ていった。

あとには僕１人が残った。静かな室内に、壁掛け時計の秒針の音が、カチカチと規則正しく鳴り響いている。

壁１枚を隔てた向こう側では、いつも通りの業務が行われている。活気もあるし、かといってうるさくもなく、理想的な環境と言ってもいい。

「みんな、がんばってるな」

確かめるようにつぶやく。

吹けば飛ぶような小さな会社なのに、集まってくれたスタッフは掛け値なしに優秀だった。その幸運を改めて感じていた。

芸大を卒業してすぐ、かつていた未来の世界で友人だった早川に接触した。クリエイターとは違う道を選び、拠《よ》り所《どころ》を失った僕は、心から信頼できてかつ優秀だった彼に、救いを求めたかったのかもしれない。

話が合うのは元の世界でわかっていたから、接触してから意気投合まで時間はそうかからなかった。何年も前から仲が良かった気がするな、と何度も言われた。不思議な感覚だったけれど、すぐに慣れた。

僕はカー用品専門の商社でアルバイト。早川は広告代理店に就職した。働きぶりが認められ、ようやく正社員雇用となったあたりで、彼から起業しようと持ちかけられた。

「中規模、大規模の代理店が拾えないような広告の仕事を、ウェブを中心にしっかりと拾い上げたいんだ」

その言葉に思い当たるものを感じ、僕も提案を返した。

かつての未来で勤めていたカー用品の小売店、そして現在、勤務している商社。自動車という歴史のある業界だけに、よく言えば伝統、悪く言えば旧態依然の空気が蔓延《まんえん》していた。

特に、小売店については苦境が明らかだった。全体的な空気としての車離れに対し、なんら対策を打てておらず、特に広告・SP、セールスプロモーションのツールにおいては、お仕着せで決まり切ったものを機械的に展開するだけで、効果を示すことができないでいた。

「そこをウェブを中心に提案してみたらどうかな」

商材を魅力的に見せるためのサイトの再構築、若年層を開拓するための動画やコラボの提案、大手ECサイトと提携してのネットショップの整理。それらを代理店として取りまとめつつ、自社や提携先の業者と直接制作し、ありがちな二次請け、三次請けの案件を作らないようにする。

おおよそそんなことを言ったところ、

「いいぞ、それ。きちんと仕込めば、業界内できちんとした居場所が作れそうだ」

早川《はやかわ》は了承し、それで会社をやることが決まった。２０１２年、24歳の頃だ。２人で作った会社ということで、社名は『ツインズ』にした。直球であまり格好良くはなかったけれど、意味はしっかりと込めた。

最初は当然のように難航した。古い業界は慣習とコネで動く。つまりは、若造の作ったベンチャー企業など洟《はな》も引っかけられなかった。粘り強く、高品質なサンプルを見せながらしっかりと営業を続けた結果、少しずつ仕事をくれる会社が出てきて、借金や持ち出しの多かった資金もやっと売上から回せるようになってきた。

そして昨年、やっと決算で白い三角、つまりプラスを出せるようになった。

社員数もそれなりに増えた。ボーナスも出すことができるようになったし、月の固定費を見てため息をつくこともなくなった。

だけど、会社としてはやっとこれから、といったところだった。

「新しいところを開拓しなきゃ、だよな」

主力のカー用品業界は、安定しているとはいえ安定確実とは言いがたい業種だ。地方ではまだまだ強くても、都市圏で車を持つ人は激減している。小売店よりウェブでの展開を中心にしているうちの会社はまだマシだけど、紙のＳＰツールやチラシなどを作っている小規模の小売店はバタバタと潰れている。

油断していたら、弊社がそうなるかもしれない。中小企業は過酷だ。

「さあ、働くか」

これまでに何度つぶやいたかわからない決まり文句を言って、席を立った。目をそらしている時間なんてない。今はただまっすぐに、働くだけだ。

◇

この日も結局、遅くまで残業をした。社内には僕と早川《はやかわ》の2人だけ残っていた。社長たちが働いているから帰りにくい、という空気を取り払うために、わざわざ社則で、『上司の残業を気にせず自分のペースで退社すること』を盛り込んだ結果だった。五反田《ごたんだ》の駅前で、早川と軽くハイボールを傾けた後、立川《たちかわ》にある自宅へと帰った。

首都圏で通勤をするのは3回目だった。元いた未来の世界で入間《いるま》に住み、ifの未来の世界では登戸《のぼりと》に住んだ。どちらの土地にも複雑な思いがあったので、どちらにも関わらない中央線《ちゆうおうせん》沿いにした。

都心からかなり離れていることもあって、立川は独自の発展を遂げている街だった。

映画館もあれば大型の電気店もあって、この街だけで様々なものが完結できた。それがつまらないと都心まで出る人もいたけれど、特にこだわりのない僕にとっては、すべてが楽な街だった。

駅から徒歩5分のところにあるマンション。築30年でリノベーション済み。さして家賃も高くない１ＬＤＫに住むにあたっては、周りから「もっといいところに住めば」と散々言われたけれど、そこにお金をかける気もなかった。多少、給与の面で余裕が生まれた今でも、引っ越す予定はない。

ただいま、と誰もいない部屋に声をかけ、リビングの電気をつける。ミニマリストが喜びそうな感じの、家財道具の少ない家だ。テーブルもテレビも本棚も、ほとんどがリサイクルか安売りのものだ。ブランド家具は一切なかった。

冷蔵庫を開いて、冷やしてあった麦茶をコップに注ぐ。テレビをつけて、メニューから動画サイトに繋《つな》ぎ、よく観《み》ているＤＩＹ系の動画チャンネルを開く。今は長期企画のまっただ中で、自作で自宅を作ろうとしているところだった。ネクタイを緩め、ソファに座り、麦茶を飲みながらボーッと動画を見る。

何の変哲もない、独身男性の生活だった。

かれこれ、４年はこんな毎日が続いている。

だけど、それが苦になったことは一切なかった。

かつていた、ブラック企業時代。何をしても報われず、毎日が徒労の連続だった。その上に過酷な勤務時間、雀《すずめ》の涙ほどの給与とあって、心はすさむばかりだった。

しかし今は、仕事にやりがいがある。きちんと準備をした分だけ、成果となって返ってくる。もちろん、人を相手にしている以上、理不尽なことだってある。だけどそれ以上に、目に見える成果というのは人に力を与えてくれた。

今は、仕事の成果が何よりも救いになっている。早川《はやかわ》もそう言っているが、これまでに感じたことのなかったその感覚が、僕の生活に大きく影響をしていた。

「あの頃は本当に……つらかったな」

家族の姿がなくなってしまった幼少期。そして、すべてが嫌になりかけていた、20代の終わり頃。それらを救ってくれたのは、あらゆるエンタメの作品たちだった。

視線をテレビから、本棚へと移す。

かつてここには、僕の夢が詰まっていた。ラノベ、マンガ、ゲーム、アニメ、異世界へと誘《いざな》ってくれるものが、何よりも大切で、かけがえのないものだった。

現世をしっかりと生きやすくすれば、何も異世界へ行かなくてもいい。本棚に夢を詰め込まなくても、今見ている世界の先に、夢を見ることができる。

疲れで軽く眠気がやってきた。麦茶を最後まで飲み干し、コップをテーブルへ置く。

夢なのか現実なのかわからないうちに、昔のことを思い出していった。

◇

2010年2月。

その日は、シェアハウスに誰もいなかった。いや、誰もいないときを見つけてその日に行おうとしていたことだった。

企画から離れ、プロデューサーを辞めてからすぐ、僕は就職活動を始めた。かなり遅れての活動、芸術大学卒と、一般職の就職にはかなり不利な状況だったから、当然のように就職先はなかなか決まらなかった。

やっとのことで、『成果次第によっては』正社員雇用の道もあるアルバイトでの雇用が決まり、僕はそこにしがみついて上京することにした。

会社からは、卒業式のあとから準備すればいいと言われていたけれど、僕からの希望もあって、3月にはもう引っ越しを済ませて準備を進めていた。なんせアルバイト雇用だから、少しでもやる気を見せておいた方がいいと思ったからだ。

職場に、そして東京《とうきょう》での生活に慣れたかったというのもあったけれど、大きな理由はそれ以外にあった。

「……離れにくくなるからな」

きちんと線を引いたとはいえ、クリエイターとしての生活は特別なものに変わりなかったし、このシェアハウスにも、強い想《おも》いが残っていた。

みんなと最後の時間を過ごし、きれいにお別れなんてしたら、さすがに僕も泣いてしまうかもしれない。それはつらかったし、避けたかった。

だから、卒業コンパ的なものも断り、就職のせいにして早めの撤収を決めたのだった。

「さ、早く片付けちゃおう」

慣れ親しんだ自分の部屋を見渡し、荷物をきれいにまとめていく。

元々、動きやすいように最低限の家具しか置いていなかった。本だけはかなりの量があったけれど、それ以外はすぐにまとめられる程度の分量だった。

2時間ほど、段ボール箱やガムテープと格闘を続け、

「っと、これで最後、か」

引っ越しの業者がやってくる2時間前に、すべての作業が終わった。あとは、引っ越しで出てきたゴミ袋をまとめ、家の前に出しておくだけだ。

ホウキとちり取りを手に、部屋のゴミを掃き集める。すべて集め終わったところで、僕は意を決して、

「……さてと」

押し入れを開けた。

本来なら物を入れておくはずの場所には、何も入っていなかった。あるときを境にして、ここは別の目的で使うようになったからだ。

薄暗い空間のその奥、木の板を張り込んだ壁一面に、その『目的』が貼ってあった。

その内の1枚を剥《は》がし、見つめる。

「懐かしい」

僕の指針を確認し、行動するための道標《みちしるべ》。

チャートのように、必要な行動やスキルが張り巡らされ、やがてそれは、１つの最終目的へと繋《つな》がっていく。

『みんなで最高の作品を作り上げる』

すべてはそこへ、集約されるはずだった。

だけどそれは、目前にして現実のものにはならなかった。

「結局、叶《かな》わずだったか」

サクシードに提出した企画は、九路田《くろだ》を中心にして動き出した。

しかしそれは、１ヶ月も経《た》たずに破綻し、中断せざるを得なくなった。

九路田は精一杯やってくれたし、みんなも持てる力を振り絞った。だけど、学生ばかりのプロジェクトという点が最終的に不安視されてしまい、企画を会社主導にして素材だけを使って別作品を作る、という提案をされてしまったのだ。

当然のことながら、九路田もみんなも承服できる内容ではなく、提案を突っぱねる形でプロジェクトは解体となった。それまでの作業費は支払われたものの、企画そのものは凍結となり、誰も手が出せないものへとなった。

最高の作品になるかもしれない。そう願っていた作品は、いともあっさりと終焉《しゅうえん》を迎えたのだった。

「……さよなら」

貼ってあった付箋の山を、少々荒っぽく剥《は》がして、ゴミ袋へと突っ込んだ。ジッと見つめていたら、思い出と共に厄介なものが蘇《よみがえ》ってきそうだったからだ。剥がれてパッと飛んだ付箋紙が、舞い散る花びらみたいだった。

部屋中の塵《ちり》やほこりと共に、鮮やかな色の付箋紙を詰め込んで、ゴミ袋に封をした。跡も何も確認せず、隅へと追いやった。

ふと、部屋の外で風の音がした。今年は例年より暖冬で、本来なら寒いはずのこの時期でも、すでに春の雰囲気を感じ取れるほどだった。

空気の入れ換えをしようと、部屋の窓を開けた。まだ幾分冷たい風が、一気に部屋の中へと入り込んできた。僕の部屋に染みついた、思い出も匂いも、すべて新しいものへと入れ替わっていった。それでやっと、僕はここを去っていくのだという実感が湧いた。

窓の外を見つめていると、目の前に鮮やかな色が舞った。

どこから飛んできたのか、ピンク色の花びらだった。さすがに時期が早すぎるから、梅か桃かなと思ったけど、一足先に卒業を迎える僕にとっては、それは桜だった。

夜の道をシノアキと歩いた日を思い出した。あの日も、桜が一面に舞っていた。

ひとこと、みんなに残したくなった。直接伝えることは叶《かな》わないけれど、それでも何かの願いを込めた言葉を。違う道を行く彼らに、それでもエールを送りたいと思ったから。

簡潔な言葉で、僕は誰にともなく言った。

「みんな、元気で」

◇

２０１０年、あの日シェアハウスから運び出した本棚は、２０１６年の今、僕の部屋にもまだ健在だった。所々へこみ、棚板が外れていたけれど、まだまだ現役だよと言わんばかりに、そのダークブラウンの姿を堂々と見せていた。

だけど、大きく変わったところもあった。

「ずいぶんと変わったなあ、中身」

大学時代、この本棚には夢が詰まっていた。ラノベやマンガを中心に、エンタメの書籍やＤＶＤ、そしてシナリオや制作の教科書や、著名なクリエイターの記した本が、あふれんばかりに詰められていた。

だけど卒業を機に、少しずつこの内容は変わっていった。

しばらくは、みんなの動向を知るためにも、関わった作品や名前の出ているものを欠かさず買っていた。内容についても、できるだけ目を通したり聴いたりしていたし、少なくとも、今どうしているかということは把握できていたように思う。

だけど、人間はどうしても現在の関連性で生きるもので、今の仕事に深く関係する本や資料などが徐々に割合の多くを占め始めた。

みんなの関わったエンタメ系の作品も、手に入れてそのまま積むことが増え、そしていつからか、買うことすらなくなっていった。

今でもまだ、その気になれば手にすることはできた。だけど、しなかった。特段理由もなかったからだ。

「そういや……どうなったんだろう」

僕が大きく影響を受けた、あの画集のことを思い出した。

一面のひまわり畑。そこにたたずむ少女。

クリエイティブを離れてからも、あの絵の、そして画集のことは忘れなかった。

「まだ出てないよな、多分」

記憶を頼りに、出版社のサイトから検索で調べてみる。秋島《あきしま》シノでソートしても、何も情報は出てこなかった。

それどころか、彼女は……シノアキは、まだ画集を1冊も出していないようだった。

キャリア、人気からすれば、すでに2～3冊の画集を出していてもおかしくないはずなのに。

「どうしてだろう」

思わずつぶやいた。

シノアキとも、もう何年も連絡していなかった。スランプなど無縁という活躍ぶりは風の噂《うわさ》に聞いていたけれど、込み入った事情までは知る術《すべ》がなかった。

もしかして、僕が何かの原因になったのだろうか。

頭をよぎった考えを、まさかと一蹴した。

「６年だぞ、まさか」

ただ、大学の頃に仲良くしていただけの相手が、大切な仕事の状況を左右する原因になっているなんて、可能性を考えただけでもおこがましい話だ。

きっと、タイミングや仕事の関係で、出す時期を見極めているんだろう。

◇

週末、昔のことを思い出したからか、妙に体調が芳《かんば》しくなかった。

ＰＣ作業が多く、元々肩と腰は爆弾持ちになっていたけれど、この土日はめずらしく内臓に変調を来していた。変な物を食べたわけでもないのに、胸焼けのような症状が２日にわたって続いていた。

どこかのクリエイターが、懐かしさは猛毒だ、なんてことを言ってたのを思い出した。もちろん内臓に効く毒ではなく、新しいものを取り入れにくくなる的な文脈なのだろうけど、状況が状況だけに妙な信憑性《しんぴょうせい》を帯びて笑ってしまった。

ともあれ、僕は貴重な休日を寝て過ごすことになってしまった。

そして月曜日。そろそろ起きなきゃと、日の光に目を慣らしている最中、不意に電話の音で目を覚ました。

通知欄の名前を見て、即座に着信ボタンを押す。

「もしもし……ああ、九路田《くろだ》か。どうした？」

「なんだ橋場《はしば》、寝起きか？　いや、今日時間空くからメシでも行こうかなってな」

今日の予定、何かあったかなと、通話を続けながらカレンダーアプリを開いた。

「午前にミーティングと、夜だけだな、昼は大丈夫だ」

「じゃあ決まりだ。ゲートウェイの入口に15分。それじゃ」

一方的に告げると、そこで通話は切れた。プープープーと、電子音が鳴り続ける画面を見つめる。

「相変わらずだな、あいつ」

苦笑して、ベッドから立ち上がる。

勝手に決められた予定だったけれど、これで昼は退屈せずに済みそうだった。

歯を磨き、顔を洗いながら、このタイミングで彼から連絡が来たことの偶然に、妙に感慨深い思いがあった。

「……6年だもんな」

◇

「河瀬川《かわせがわ》から連絡？　マジかよ、そりゃめずらしいな」

「だろう？　てっきり、誰かに不幸でもあったのかってびっくりしたよ」

五反田《ごたんだ》の隣、大崎《おおさき》駅から直結した商業施設の大崎ゲートウェイ。そこにある行きつけのタイ料理店で、僕と九路田は神妙な顔を突き合わせていた。

「一応、誰かに何かあったって連絡は聞いてないから、そっちの線はないはずだ」

「それはよかった」

「だけど、何の用事だったのか気になるとこだな、あいつが何の理由もなく、いきなり電話してくるなんてありえねえし……」

銀縁のメガネを指でつまみ、首をかしげる。社会人になってめっきり視力が落ち、メガネをかけるようになった、九路田孝美《たかよし》の癖だった。

思えば奇妙な縁だった。最初は互いに最悪の印象で、そこから創作を通じて能力は認め合ったものの、友人とはとても言いがたい仲だった。

それが、サクシードのプロジェクトを引き継いでもらってからは、何かと連絡を取ることが増えた。そして卒業後に上京してからは、社会人特有の愚痴を言い合うようになり、いつの間にか友人になっていた。

かつて尖《とが》りまくっていた性格も、人と社会に揉《も》まれる内に、ほどよく円くなった。

今では飲みに行くたびに、まさかお前とこんなに仲良くなるなんてなあ、と言い合う間柄になっている。

「こないだうちの開発で、ちょうどサクシードの話が出たんだよ」

ちょっと声を潜めて、九路田《くろだ》はそう続けた。

彼は今、大崎《おおさき》に本社のある大手ゲームメーカーでプランナーとして働いている。業界内でも超のつく有名どころで、九路田自身もそこそこに名の通った存在だった。

「君のとこで話が出たってことは、あまりいい話題じゃないんだろ？」

「ご明察だ。また開発の予算が削られたらしくてな。３Ｄの技術者がうちに中途で入ってくるって相談だったんだ」

そこで内情が話された、というわけか。

「ま、転職組の語る元の会社なんてデバフかかりまくりだろうからな。半分は聞き逃していいんだろうけど、あそこの現状を考えたら……な」

「ああ、多分本当なんだろう」

この6年で変わったものでランキングを付けた場合、サクシードは間違いなくベスト3に入るし、1位を取ってもおかしくないだろう。

それぐらい、あの会社は変わった。

きっかけは、突然仕掛けられた敵対的ＴＯＢだった。

ミスクロの企画が凍結されてから約2年後、公開されて間もないサクシードの株が過半数買い占められた。買収したのは、海外企業のクラスティックの日本法人で、当初は海外による日本のエンタメ爆買いか？　と大きな話題になった。

しかしその後、クラスティックの立ち会いのもと行われた記者会見で、サクシードの社長は現社長の親族に引き継ぎますという発表があってからは、なんだよただの世襲かと一気に話題は収束した。

だけど、僕を含めてあの会社に関わっていた人間は、その継承こそが最大の変化であることに気づいていた。

——新社長、茉平《まつひら》康《こう》。

実の父親に会社を追われ、志半ばにして道を絶たれたはずの、あの茉平さんだった。

彼がどうやってクラスティックと手を結び、会社を買収したのか、その裏側や手段については何もわからなかった。だけど事実として、彼は元いた会社に再び戻り、しかも実権を握った。開発部の中にシンパが生まれるぐらい、人望のあった人物だ。その人柄や、ゲームに対する思いからすれば、会社はこの買収をきっかけに、きっと良くなっていくはずだ。社内のみんなはそう、思っていたはずだ。

しかし、その予想は一部で大きく外れることになった。

「どうして、開発部への風当たりが強くなったんだろうな」

九路田《くろだ》はそう言って首をひねった。

社内から漏れ伝わるところによると、新生サクシードは、ゲーム開発部の規模を大幅に縮小し、代わりにゲーム以外のソフトウェア開発や、ＢtoＢのシステム構築を主業務にするようになったらしい。

当然、待遇改善を期待していた開発部員は裏切られることになり、歯が欠けるように他社へと流れていった。

そして、その沈没寸前とも言えるサクシードで、開発部長を務めているのが、

「河瀬川《かわせがわ》、そんなに厳しい状況なのか」

あの企画が頓挫した後、サクシードに正式に採用されて入社した、河瀬川英子《えいこ》だった。

「さっきも言った通り、本人や中の人間に直接聞いたわけじゃないからな。確実とは言えないが……」

九路田は顔をしかめると、

「少なくとも、良い環境とは言いがたいはずだ」

「……そうか」

河瀬川の境遇を思うと、胸が痛んだ。

頼りになる先輩社員たちが次々と会社を辞め、押し出されるような形で開発部のトップを任される。しかし、経験が足りない上に会社からの扱いが悪いとあっては、名ばかりで実のない管理職をやらされているだけだ。

学生時代の河瀬川は、名誉よりも実利を重んじる性格だった。そんな彼女にとって、今置かれている状況は、きっと耐えがたいはずだろう。

（そして先日の電話、か）

突然かかってきた電話。その目的は、結局わからずじまいだった。僕の方も折り返さなかったし、彼女から再びかかってくることもなかったからだ。

だけど、九路田から聞いた情報を元に考えると、1つの可能性が浮かび上がってくる。

あれは、何かしらのサインだったんじゃないか。

そう考えると、2回目の通話がかけられなかったことも理解できる。彼女の性格らしく、僕に遠慮したのかもしれない。

ともあれ、今は何を言っても想像するしかないのだけど。

「ま、俺ももうちょっと情報を集めてみるよ。もし、橋場《はしば》のところにあいつから連絡が来たら教えてくれ。何か考えてみよう」

「ああ、そうするよ」

答えると、九路田《くろだ》は昔からは考えられないような、快活な笑顔を見せて、

「同業だからな。友達として助けてやりたい」

その言葉が、妙に頭に響いた。

(そうか、九路田はまだ……あっち側なんだよな)

こんなところで、立場の変化に気づかされるなんて。

仮に彼女が僕に助けを求めたとして、救うことなんてできないのかもしれなかった。

◇

九路田と別れ、僕は会社まで歩いて帰っていた。

大崎《おおさき》から五反田《ごたんだ》までは、電車に乗るのが馬鹿らしくなるレベルで近かった。だから、ビジネス街である大崎から、五反田に徒歩で飲みに来るサラリーマンも多い。

僕も気分転換を兼ねて、この距離を歩くことが多かった。何より今日は、考えることがあったからちょうど良かった。

(河瀬川《かわせがわ》、か)

彼女に対して、何も特別な感情はなかったと言うと嘘《うそ》になる。

貫之《つらゆき》が休学する一件の後、僕はその後の未来へと一時的にタイムスリップした。そこでは河瀬川が会社の同僚で、そして彼女の好意を知ることになった。

直接、その好意を告げられることこそなかったものの、うっすらとそれを感じる瞬間は何度かあったとも思う。

その河瀬川が、おそらくピンチに際している。

かかってきた電話が相談ごとだったとして、その内容については想像できなかった。

「会社勤めだから、お金の話なんかじゃないだろうし、協業……ってのもなあ」

うちの業務内容については彼女も把握しているはずで、エンタメがメインの業種とそもそも噛《か》み合《あ》わないのは自明だった。

ならば、いったい何の相談なのだろうか。

「企画……？　ははっ、そんな」

一瞬、頭をよぎった内容に自分で笑ってしまった。

今や、すっかり業種違いとなった僕が、エンタメの前線にいるはずの彼女の企画に、できることなんかあるはずがない。仮にあったとしても、たとえばそれは、限定された業界内の知識を得たいとか、そういうものが限界のはずだ。

今にして思えば、これこそが僕だったんだなって理解できる。対象に向き合って、適切な攻略法を考えて、動く。当時はエンタメに特化した能力だと思っていたけど、実はそんなことはなかった。今こうして、別業種でも対応できていることが、何よりの証拠だ。

「何かの連絡だったんだろ、きっと」

必要があれば、また電話があるはずだ。そうしたら、受けて話せばいい。

目黒《めぐろ》川のほとりを、まっすぐ足早に歩いて行く。線路を越えて、大きな道路を渡って、脇目も振らず勤務先のビルへと飛び込んだ。

◇

ツインズのあるウエストリバー五反田《ごたんだ》ビルは、築40年を超える大ベテランの建物だ。そこに無理めのリノベーションをかけ、内装だけは新築オフィスビルのように生まれ変わり、まだまだ働けますよと頑張っている。ただ、エレベーターだけは入れ替えに莫大《ばくだい》な費用がかかるらしく、まだ昭和の匂いが残る設備のままだった。

ゴウンゴウン、と大仰な音を立てるエレベーターに乗り、5階のボタンを押す。ドアが閉まったところで、スマホが鳴った。会社からだ。

「はい、もしもし」

アイコンをタップしてすぐに、峰山《みねやま》さんの声が聞こえた。

「社長にお客様です。応接室にお通ししていますが、いつ頃戻られますか？」

「あれ？　予定なかったけど、別日からスライドの連絡とかあった？」

今日は夜まで、ミーティング等の予定は入っていない。社用車の営業や投信の飛び込みは丁重にお断りしてと前もって話してあるから、その手のものでもないはずだ。

「それが……すみません、社長の個人的なご友人とのことで」

「友人？」

「ええ、女性です。きれいな方ですよ」

心臓がドクン、と鳴った。きれいな方、に胸が高鳴ったわけじゃない。友人できれいな女性という言葉に、まさに思い当たる節があったからだ。

「わかった、もう玄関だから、直接向かうよ」

「はい、じゃあ失礼します」

何かしら詮索されるかなと思いきや、峰山さんの通話はあっさりと切れた。

そして、タイミングを計るかのようにエレベーターのドアが開いた。

このビルは各階に1社ずつしか入っておらず、5階はすべてツインズのフロアになっている。誰もいない受付を抜け、向かって左側のドアの前に立つ。

この奥に、来客がいるはずだった。

「多分、そうなんだろうな」

どんな話が出てくるのか、まったく予想がつかない。大きく深呼吸をしたあとで、コンコンと応接室のドアをノックし、開いた。

「あっ」

すぐに、中にいた人物と目が合った。思わず、お互いに声を上げる。

「ごめんなさい、アポも取らずに急に押しかけて」

数年ぶりに会った、河瀬川英子《かわせがわえいこ》がそこに座っていた。

(予想、当たったな……)

後ろで結んでいた長い髪は、今は肩ぐらいの長さになり、それを髪留めでまとめていた。意志の強い目、整った顔立ち、凛《りん》とした涼やかな声。学生時代から、ほとんど変わっていない彼女が、そこにいた。

「ううん、こっちこそごめん、電話くれたのに折り返せなくて」

「いいのよ、わたしもかけ直そうか迷っちゃったし……」

彼女のちょうど向かい側に座り、改めてひさびさの友人の姿を見る。

少し、疲れているのかもしれなかった。表情は少し険しく、うつむき気味で僕の方を見ていた。飲みに行ったときの終盤、こういう様子を見たような気がする。

「元気そう、でいいのかな」

「そっちこそ。会社、うまく行ってるみたいね。九路田《くろだ》から去年聞いたわ」

そうか、間接的に近況は知られていたのか。

「河瀬川も頑張ってるみたいじゃないか。部長だって？　僕も九路田から聞いたよ」

返すと、彼女は苦笑気味に、

「たいしたものじゃないわよ。上の人がどんどん抜けていったから、繰り上がりでそうなっただけ。名ばかりってやつよ」

どうやら、九路田の聞いた情報はかなり正確なものだったらしい。むしろ、当たって欲しくないものだったけど。

（この分だと、ここに来た理由も決して良いものではなさそうだ）

覚悟を決めて、聞いた方がいいのだろう。

河瀬川は軽くため息をつくと、

「うちの会社、あまりいい状態じゃないの。正しくは、うちの部署が、ね」

「そう……なんだ」

九路田から聞いた通りだった。

「開発部の規模、また縮小されちゃって。これまでにも何度かそういうことはあったんだけど、今回のは決定的、かもしれない」

「と、いうと？」

「このまま、目立った業績が上げられないようだったら、開発部を解散させるって通達があったわ」

「っ……」

あまりのことに、言葉が返せなかった。

アルバイトとはいえ、かつては僕自身も在籍していた部署だ。あの頃の、色々あったけれど活気に満ちていた開発部が、そこまで追い込まれているなんて。

「茉平《まつひら》さん、いや社長は、いったい何を」

どうしても気になるところだった。

ゲームを愛し、作り手のことを何より考えていた茉平さんが、どうしてそんなに、開発部に対してつらく当たるようになってしまったんだろう。

「橋場《はしば》、元々社長と交流があったのよね。わたしは……話もまったくできてない。だから、どういう意図なのかも、そもそも社長が進めていることなのかすら、わからないわ」

河瀬川《かわせがわ》は首を横に振って、否定した。

「じゃあ、解散の話も社長からじゃなくて？」

「ええ、今回の通達も、堀井《ほりい》常務から言われたものよ」

その名前に、驚きを隠せなかった。

「堀井さんが、そんな……」

どういうことなのだろう。僕がバイトをしている頃、堀井さんは誰よりも開発部のみんなのことを気にかけ、立場を悪くしてでも上に意見を言ってくれる人だった。

茉平さんが社長になり、取締役に抜擢《ばってき》されたという話も聞いていたけど、まさかグルになって開発部を縮小させる側になっていたなんて。

いったい、サクシードでは何が起きているのだろう。少なくとも、僕の知っていたサクシードは、茉平さんと堀井さんは、もうそこにはいないようだった。

「最後の望みってわけじゃないけど、企画を出すように言われたわ」

河瀬川は、天を仰ぎながら続けた。

「開発部として、制作する意義を持つ企画を考えなさいって。ただでさえ予算も削減されて、人材だってどんどん抜けていってるのに、無理な話よ。それでも座して死を待つのはガラじゃないから、次々と企画を出したわ。だけど――」

そこまで言って、彼女はつらそうに目を伏せた。

「どれも通らなかったのか」

黙ったまま、かすかにうなずく。

「最初は、試されてるのかなってむしろやる気も出たわ。だけど、どんなジャンル、どんな方向性を出してもリジェクトされてばかりで、わたしよりも先にスタッフが参ってしまって……もう、部署を閉じる前提じゃないですか、ってね」

たしかに、ブラック企業やリストラ部署でよく聞く話だった。会社側として理由を作るためだけに、形のみの「機会」を与え、そして潰し続ける。チャレンジする側は何とかしてものにしようと頑張るも、度重なる理不尽な潰しに耐えかね、やがて自ら身を引くことを決める――。

反吐《へど》が出そうなやり方だが、現実に起きていることだ。

「でもね」

河瀬川《かわせがわ》が僕の方を見た。

「負けたくないの。たとえ会社の事情で没にされているのだとしても、それを覆すぐらい、すごいものを叩《たた》きつけてやりたくて。だから……」

直感的に、続く言葉がわかった。

「橋場《はしば》に、力を貸して欲しいの」

でも、その言葉にどう返したらいいのか、

「僕が、そんな」

正直なところ、わからなかった。

話の流れから、こうなることは何となくは察していた。かつて、僕と河瀬川は共に考えて共に実践する関係だった。創作、仕事での良きパートナーだったと言っても過言ではなかった。

だけど、今はもう違う。

存在する場所も違えば、立場も違う。おそらくは、思考や導き出すルートも違うだろうし、何よりも取り扱っている業界が違う。

僕はもう、エンタメの世界を離れて久しい。ほぼ、何も知らないと言ってもいい。そんな人間が、彼女の言うようなシビアな状況において、何の力になれるというのだろうか。ただ横で応援すればいいなんてものじゃない。きっと河瀬川は、そんなものは求めていない。あくまでも、かつて最前線で戦った、戦力としての僕を求めているはずだ。

続けて具体的な話を聞くこともできた。だけど、僕はそうしなかった。

橋場恭也《きょうや》はもう死んだ。今いるのは、同じ名前の違う人間だ。

「河瀬川、せっかくのお願いだけど、僕には手伝えないよ」

「どうして？」

言い終わるやすぐに、河瀬川は言葉を被《かぶ》せてきた。

「空いた時間だけでもいい。週末の1時間とかでも、会って話すのが難しいなら、電話でもボイチャでもいい。橋場の思っていること、考えていることを、少しだけ話してくれるだけでいいの、それなら」

「ちょ、ちょっと待って、どうしたんだよ、君らしくもない」

何事もクールに対応してきた彼女にしては、強めの押しを感じた。

（そんなに誰かの手を借りたいってことなのか？）

そこまで差し迫った感じは受けなかったけれど、部署の存亡を賭けてということなら、当然一大事のはずだ。

でもそれなら、今の僕には手に余る話だ。

「僕の今の仕事、知っているんだろう?」

黙ったまま、河瀬川《かわせがわ》はうなずく。

「なら、わかるだろ。経営者として、やっと軌道に乗りかけたところなんだ。ここで油断しようものなら、いつピンチに陥るかわからない。いくら君のお願いだからといっても、完全に業務外のことに関わるなんて非現実的なんだよ」

静かに、落ち着いて理由を話した。だけど河瀬川は、それに対して何かを言い返すことはなかった。

時間が止まったかのように、会議室の中を無言が支配した。

どれぐらい経《た》ったのか、やがて内線電話のコール音がけたたましく鳴り響いて、それで僕は我に返った。

「ごめん、出るね」

河瀬川に軽く断りを入れ、受話器を取った。

「社長、ご確認したい件がありまして、できましたらお時間を確認したいと……」

峰山《みねやま》さんだった。

「わかった、すぐに対応するね」

短く答えて、受話器を置く。僕も河瀬川も、同時に大きく息をついた。

「ごめんなさい、急に妙なお願いなんかして」

「いや、そんな。僕も応えられなくて、ごめん」

河瀬川は立ち上がると、赤いトートバッグに自分のスマホを入れて、慣れた感じで肩にかけた。

「今日は帰るわ」

そう、小さな声で告げると、そのまま振り返ることもなく部屋を出て行った。

「今日は、って」

説明はしたはずだ。彼女だって、それを理解したはずだったのに。今日は、ってことは、また来るということなのだろう。

僕は見送ることもできないまま、河瀬川の出て行った先を見つめていた。

「どうして、今さら」

それ以外、何の言葉も出てこなかった。

◇

自分の席へ戻り、椅子に深々と腰を下ろした。

オフィスを今の場所に移した際、椅子だけはいいものにしようと、肩や腰に負担のかからない設計のものにした。今ほど、その判断をして良かったと思ったことはない。

（どういう、状況なんだろうか）

門外漢で、業界を離れてしまった僕に助けを求めるほど、河瀬川《かわせがわ》はきつい思いをしているのだろうか。

気持ちの面だけで考えるなら、もちろん助けてやりたい。力を貸してやりたい。

だけど、今の自分にはエンタメを作る気持ちはない。再び、それが満たされるとも思えない。そんな人間が、大切な企画に絡んだところで、いいことはないはずだ。

実際に現場で戦うのは、河瀬川であり、そのスタッフたちだ。いくら信頼の置ける相手だからといって、どこぞの中小企業の社長が出しゃばってきたら、モチベーションをさらに下げることにもなりかねない。

いつもの彼女のように、冷静にものを考えられれば、きっと思い直すはずだ。

僕になんか協力を頼んだことが、愚策だったってことに。

「社長」

急に声をかけられ、ハッと身体《からだ》を起こす。

すぐ真横に、峰山《みねやま》さんが怪訝《けげん》そうな表情で立っていた。

「ど、どうしたの？」

「さっきお電話で話したことです。春に全社員に出す予定の一時金について、金額の調整と確認をお願いしたいのですが」

彼女の手には、付箋とサインがびっしり付けられた書類があった。

おそらく、僕のチェック待ちということなのだろう。

「ごめん、すぐに見るよ」

個人的なことで業務を滞らせるなんて、最もやってはいけないことだ。

気を取り直して、書類に目を通し始める。

「うん、これでいいかな……え？」

ふと見ると、峰山さんは僕の横に立ったままだった。

「どうしたの、ちょっと時間かかるから、席に戻ってくれた方が」

そう伝えると、彼女は軽く息を飲み込んで、

「あ、あの、さっきのお客様って、立ち入ったことですが、社長の……」

「うん、大学時代の同期だよ。それがどうかした？」

峰山さんは息をハーッと吐き出すと、

「その、すみません、お声が外まで聞こえてしまって……あの方のお仕事のお手伝いをされるかもって話を……」

そうか、さっきの話、聞かれてしまってたのか。

「いや、もちろん断ったよ」

「ほんとですか……？」

「会社、大切な時期だからね。個人的なことで時間を割けるほど余裕はないし」

説明すると、彼女はホッとしたように微笑《ほほえ》み、

「よかったです、専務とも言ってたんですよ、社長、大変なことに巻き込まれてるんじゃないかって」

「そうだったの？」

早川《はやかわ》は打ち合わせに出たのか、席には姿がなかった。

「はい。だから、俺が出ている間にでも聞いておいてくれないかって。でもよかった、安心してくださいって伝えておきますね」

「うん、悪かったね。心配させて」

峰山《みねやま》さんは、ペコッと頭を下げると、自分の席へと戻っていった。

（社長失格だな、まったく）

早川も、そして峰山さんも、設立当初からの大切なメンバーだ。

かつてのチームきたやまがそうだったように、今は彼らのことを第一に考えなくてはいけない。

いくら河瀬川《かわせがわ》であっても、優先順位は変えられないんだ。

◇

夜に入っていたミーティングの予定が、相手の都合で延期となった。

この日は特に用事もなかったので、早めに会社を出ることにした。早川はまだ外に出ているようだったし、飲みたい気分でもなかった。

1人で五反田《ごたんだ》駅に向かい、新宿《しんじゆく》行きの電車を待つ。

日本で有数の混雑路線とあって、五反田の駅構内には様々な広告が立ち並んでいた。

この10年で一気に増えたソーシャルゲーム、話題の本、映画、スマホ、美容系……。良い意味でも悪い意味でも何でも取り込む日本の国柄か、統一性のない派手派手しい看板が、夕日の作り出すオレンジ色のフィルター越しに存在感を放っていた。

うちの会社では取り扱わないタイプの広告なので、特に気にも留めなかったのだけど、

「ん……あれは」

その日はふと、1枚の広告に目が向いた。

九路田《くろだ》のいるメーカーの関連会社が作っているソーシャルゲーム。その新キャラクターのお披露目《ひろめ》だった。

大きな羽の生えた、気高くも可愛《かわい》さを持った、目を引く絵柄。

どれだけ業界から離れても、それだけは見間違うことはなかった。

「シノアキの絵だ」

秋島《あきしま》シノ描き下ろし、と大書された広告は、高価な駅貼り広告を2つ連ねて作られていて、力の入っていることがわかる内容だった。

しばらく、その絵を見つめていた。

（みんな、どうしているんだろうな）

九路田《くろだ》に、そして河瀬川《かわせがわ》に。期せずして大学の同期2人と会った1日だけに、いつもなら観《み》て終わるはずの広告から、目が離せなかった。

やがて、新宿《しんじゅく》行きの電車がやってきた。これに乗って、新宿で中央線《ちゅうおうせん》に乗り換えて立川《たちかわ》まで行くのが毎日のルートだ。

疲れた1日だっただけに、早く帰ってベッドに転がりたいと思っていたはずなのに。

「ひさしぶりだ、こんな気持ちになるのは」

僕はその電車を見過ごし、逆方向へ行く電車に乗ったのだった。

◇

「ふう、重かった」

家に帰って早々、両手に持った紙袋を2つ、ドサッと床に置いた。

中には、本にゲームにBDに、いわゆるオタク的なグッズが山のように詰まっている。しばらく行くこともなかったアキバで、ひたすら買いあさった結果だった。

「直接関わってるものだけでこれだからな……みんなすごいよ」

貫之《つらゆき》の書いたラノベや、ナナコのCDを手に取る。

今いる世界では、プラチナ世代という言葉はまだ生まれていない。歴史の改変があったからなのかはわからないけど、そのことにかかわらず、同期のクリエイターたちは目覚ましく活躍していた。

貫之はラノベが複数回のアニメ化と映画化、ナナコはアニソン系の歌手としては異例のランキング1位の常連、そしてシノアキは、当代きってのイラストレーターとして、関わる作品で確実にヒットを飛ばす、まさに神絵師となっていた。

彼らだけじゃない。斎川《さいかわ》は関西の大手ゲームメーカーでキャラクターデザイナーとして人気を博し、人気アニメシリーズにも原案として抜擢《ばってき》されるなど、シノアキとは別の方向から評価を上げてきていた。

どうやらその起用には、プロデューサーである九路田の強い推薦があって実現したらしく、彼女のインタビューで明らかにされていた。おもしろいことに、そのアニメの番宣では、プロデューサーの同期である、筋肉系の人気配信者・火川《ひかわ》ゲンキロウが、忍者の格好で大暴れしてその日のトレンドになっていた。

そして、

「頑張ってるんだな、河瀬川《かわせがわ》……」

彼女がディレクションを担当したゲームも、複数買ってきた。

いわゆる超大作、ヒット作ではないものの、ネットの評判を見る限りでは、手堅くおもしろい小規模作品を作る人として、ささやかな人気を持っているようだった。

風の噂《うわさ》で知ってはいたものの、こうして並べてみると、この6年でみんながどれだけ懸命に戦ってきたのか、痛いほど理解できた。

エンタメの世界では、めまぐるしく状況が変わる。半年、1年の時間を空けただけでも、トレンドから何からすべてが別のものになってしまう。

そこで戦うには、知恵も努力も工夫も必要だけれど、それ以上に大切なものがある。

止まらない、ということだ。

「何年も、止まってたんだな」

改めて、その怖さを思い知る。

アキバまで行って、みんなの活動記録を買いあさったのは、気になったからという理由の他に、ひょっとしたら自分もまだ、という色気があったのはたしかだった。

河瀬川の手伝いの件とは別に、何かしらの関与が許されるものなのか、というテストをしてみたかったという思いもあったのだ。

だけど、それはあまりにも甘かった。

友人たちが6年間で作り上げたものたちは、圧倒的な力で僕のぬるい考えを張り飛ばした。中身を見るまでもなく、それは明らかだった。

「……そっか、そうだよな」

苦笑してつぶやき、並べた作品たちを再び紙袋の中へと詰めていった。

これは別の世界だ。僕とは違う道なんだ。

言い聞かせるように、紙袋は封をして押し入れへと突っ込んだ。

◇

いくら社長とはいっても、ツインズのような中小企業では、複数の業務を兼任することが義務づけられていると言っても過言じゃない。それが弊社の場合は渉外であり、営業であり、各種調整だった。

そしてこの日も、僕は部下の打ち合わせに同行していた。

「ほんとすみません、社長にも同行してもらって。先方の課長、社長じゃないと話ができないって突然言い出しちゃって」

　営業担当の社員は、朝からずっと恐縮しきりだった。

「いいよ、気にしなくて。あそこの担当さん、いい人だけど体面を気にするから、社長が出てきたって事実が欲しいんだろうしね」

　創業百何十年という老舗メーカーなだけに、実利だけじゃない面も大切だった。

「いやでも、それで社長の時間が１日潰れるのが、ほんと申し訳なくて」

「うん、加須《かぞ》だからなあ……」

　メンツを立てるためだけに埼玉北部まで行くのは、非効率かつ、なかなかに骨の折れる仕事だ。その上、会社は駅からも遠い場所にあることから、今日はめったに使わない社用車まで使っていた。

　早くオンライン会議のシステムが確立して、こういう無駄をなくしたいものだ。

「まあ、しっかり仕事して帰りはうどんでも食べ……」

　名物でも食べて帰ろうと話をしかけたところで、スマホが鳴った。

「ちょっと、ごめんね」

　運転している社員に断りを入れて、

「もしもし」

　通話に出たところで、すぐに峰山《みねやま》さんの声が聞こえた。

「社長、河瀬川《かわせがわ》さんが……」

「え、会社に？」

前のことがあったので、てっきり会社に来たのかと思ったところ、

「あ、いえ、社長がいらっしゃるかどうかの確認でした。これから折り返しますが、どうしましょうか？」

アポを取ろうとしていただけだった。

「そうか、じゃあ今日は夜遅くなるからって、断ってもらっていいかな。僕からもまた連絡しておくから」

「わかりました、そうお伝えしますね」

通話を切って、大きく息をついた。

会議室での一件以降、河瀬川とはＲＩＮＥで何度か話をしていた。内容はもちろん、企画協力のことだった。

彼女は依然として、僕の協力を求めていた。何度も説明をした。現場を離れて時間が経《た》った今、僕ができることなんてないと。

それでも、彼女はなおも僕に力を貸して欲しいと言い続けていた。

「ああ、難しいだろうな。あいつは納得しないぞ」

経緯を説明したあと、九路田《くろだ》はそう言って険しい顔をした。僕も同意見だった。

話は平行線をたどっていた。解決の糸口が見えないまま、昨日も通話があって、その流れでの今日だった。

（河瀬川《かわせがわ》、少し疲れた声だったな……）

これで体調を崩してしまうのなら、いっそ形だけでも協力すると言ってしまおうかとさえ思った。だけど、それでお互いが納得できない決着になったとしたら、やはり悔いが残ると思い、踏みとどまった。

車は、東北《とうほく》道を北に向けて走っていく。流れる車窓に、彼女と隣り合って話をしたことを思い出した。

ずっと、河瀬川には世話になり続けてきた。何かあれば返したいと思いながら、結局それが果たされることはなかった。

そして僕は、また大きな不義理をしようとしている。

これが、本当に正しい判断なのだろうか。

（どうしたらいいんだよ、こんなの）

あの頃とは違う悩みが、車窓越しにずっと目の前で漂っていた。

◇

すぐに終わると思っていた打ち合わせは、予想に反して長引く結果となった。先方の課長は、僕が来たことで妙に上機嫌になり、思わぬ成果に繋《つな》がったのだった。

「ありがとうございます、社長のおかげですね！」

営業担当は大喜びだったけど、

「近くのコンビニで降ろしてもらえるかな、ドリンクでも買っていきたいよ」

普段は飲まないものを欲しがる程度には、気苦労でヘトヘトになっていた。

大渋滞をなんとか通り過ぎ、五反田《ごたんだ》に着いた頃にはもう辺りは真っ暗になっていた。コンビニで車から降りると、栄養ドリンクと甘いものを買って、会社への道を歩く。

疲れているときは、周囲のことに対して注意が散漫になりやすい。だから、事故に遭いやすい状況でもあるし、僕も車通りには気をつけているのだけど、

「えっ……」

目の前にいるとわかるまで、人に気づかないのはめずらしいことだった。

「本当に遅かったわね。どこまで打ち合わせに行ってたの？」

懐かしいジト目をした河瀬川が、ビルの前に立っていた。

ここにいるってことは、まさか僕が帰ってくるのを待ってたってことか？

「だから今日は無理だって言ったのに。連絡、あったんだろ？」

「あった。でも行かないと話ができないって思ったから」

顔を合わせるとどうしても断りにくくなってしまうのを恐れて、彼女に悪いなと思いつつ、ある種わかってしてしていたことでもあった。

だけど、こうして直で会いに来られては、きちんと話すしかない。

「わかった、じゃあ話そう。場所空いてるか確認するから、ちょっと待ってて」

彼女に背を向けて、会社に電話をかける。

「もしもし、ちょっと確認いいかな。会議室の空き、そうそう、今使ってる人と、2時間ぐらい先の予定を見てもらって」

わかりました、と電話の向こうで声が聞こえた。保留音のピアノ曲が耳元で流れている。

雑踏と車の通り過ぎる音が、次第に薄れていくように感じる。

スマホ越しに聞いた、河瀬川《かわせがわ》の声を思い出す。今、相対している彼女の声も、幾分かすれていた。あとで話をするときに、その辺の心配についても話せればいいけれど、きっと彼女は否定するように思う。疲れてなんかいない、って。

河瀬川英子《えいこ》は、何にそこまで突き動かされているんだろう。

再び彼女の方へ振り返った。

「なあ、かわせが……」

見ると、河瀬川の身体《からだ》が、フラッと横へ倒れそうになっていた。

「えっ、ちょっ、おいっ！」

あわて駆け寄ると、彼女はハッと気がついたように姿勢を直して、

「ご、ごめんなさい、ちょっと疲れが溜《た》まってたみたい……」

無理に笑顔を作ろうとしたけれど、体調が思わしくないのは明らかだった。

◇

大丈夫だから、話をしましょうという彼女をなだめて、かかりつけにしている病院へ連れて行った。電話で連絡をしていたことと、空《す》いている時間帯だったこともあって、すぐに診察をしてもらえることになった。

本当に大丈夫なのに……と言い続ける彼女を無理に押し込んで、僕は待合室で座って待つことになった。冷たいビニール地の椅子が、身体を芯から冷やしていた。

河瀬川は体調を崩していた。それはわかっていたはずだった。なのに、彼女が明らかにその様子を見せるまで、結局は踏み込むことができなかった。

「いつもそうだな、僕は」

貫之《つらゆき》の孤独も、シノアキの行き詰まりも、結果となって目の前に突き出されるまで、気づかなかった。６年が経《た》ちいい年になっても、何も変わらないままだ。

でも、それなら何かできたのかと問われると、そこに答えはなかった。身体、大丈夫か

と尋ねることが必要だったのか、協力するフリをして安心させることが正解だったのか、そんな行為が何かの補填《ほてん》になったのかと言われれば、何にもならなかったと思う。当てにならない同情なんて、かえって相手を不幸にするだけだ。

いったい、何をしているんだろう。

正解のないところで、自分が去れば上手《うま》くいくはずだと決めて、だけどこうして、6年も経《た》ったあとで過去が浸食してきて、答えのない問いを投げかけてくる。

僕には、何もわからなかった。

30分ぐらい待って、診察室から先生が出てきた。疲労が溜《た》まったことによるものでしょうと言われ、深刻な状況ではないとのことで、やっと安心できた。

診察室から出てきた河瀬川《かわせがわ》は、落ち着いたのか、足取りも普段通りだった。

「よかった、何もなくて」

声をかけると、彼女はため息をついて、

「よりによって貴方《あなた》の前でフラつくなんてね。不覚だったわ」

そんなことが言えるぐらいには、快復した様子だった。

揃《そろ》って待合室の椅子に座り、会計を待つことにした。

コチコチと動く秒針が、ゆっくり1周回ったぐらいのところで、

「ごめん、迷惑かけて」

彼女らしく、律儀に謝罪をされた。

「疲れ、溜まってたって。最近、休めてなかったの？」

「少しね。うん、少しよ」

そうは言ったものの、体調が思わしくないのは見てわかることだった。

また、何も言えない時間が過ぎた。彼女も何も言わなかったし、僕もまた、何も言えなかった。体調の話が終われば、次に出てくる話題は決まっていた。でも、そこになかなか至れなかった。

意を決して、僕から話しかけた。

「河瀬川は、どうして……僕に協力して欲しいんだ？」

彼女はすぐには答えなかった。答えがそこになかったのか、それともわかってはいたけれど、言いにくいことだったのか、それはわからなかった。

やがて口を開くと、

「何をしても……企画が通らないから、ね」

その理由は、以前にも聞いたものだった。

だけど彼女の口ぶりからは、より強いあきらめが感じられた。

「考えられる限りの対策をして、アイデアを振り絞って。それでもどうしようもない現実に、何ができるのかって考えた結果よ」

「僕が加わったところで……何も変わらないよ」

何度言われても、僕の考えは変わらなかった。

現場で働いている彼女が、これほど苦労しても変わらない現状。それを、外の世界にいた僕が今さら関わって、変わるとは到底思えなかった。

「そうね、技術論で言えばそうかもしれない」

「それなら」

やはり方法が間違っているのでは、と言いかけた僕の言葉を彼女は制した。

「でも、わたしはそうは思わない。だって貴方《あなた》は——どうしようもない状況を、いつだって変えてきたんだもの」

身体《からだ》の奥底で、何かが動いたような感覚があった。とうの昔に置いてきたものが、掘り起こされたような気がした。

熱。ずっと昔に持っていたもの。その蠢《うごめ》きの欠片《かけら》を、感じ取った。

でもそれは、あくまでも欠片でしかなかった。紙切れに火をつけたようなもので、一瞬でパッと燃えて、消えてなくなった。

「起死回生の手だと思ったわ。貴方がいればどうにかなる、なんとかなる、本気でそう思っていたんだけど……」

軽く、空気の擦《こす》れるような音がした。彼女がかすかに笑った声だった。

「でも、勝手にそれを頼りにしちゃダメね。貴方にだってやることがあるのに」

彼女の静かな目が、僕を再び見つめる。

「ごめんなさい。もうお願いしないから」

「……うん」

それ以上、何かを言うのは蛇足だと思った。

会計を済ませ、彼女は「それじゃ」と言って駅の方へ去っていった。そのまま一緒に途中まで帰ることもできたけれど、気まずい思いが満ちそうで、できなかった。

「わかってたのか、河瀬川《かわせがわ》」

どこか気づきながら、それでも引っ張ってしまった。過去とはもう違うということに、それを眼前に突きつけられるまで。

当てもなく五反田《ごたんだ》の街を歩く。地下に埋められた首都高速の、換気用の塔がある。街灯やビルの灯《あか》りに照らされ、オレンジ色に光る塔の向こうに、雲にまみれた星空があった。

大学の頃に散々見たものとは違い、薄くもやのかかった星々だった。

「ですので、今後は制作部独自のブランド化と新規事業を兼ねる形で、電子出版物のデザインワークにも取り組んでいこうと考えております。今後の予定としては、来週にも出版系の複数社との会合を予定しており、まずは……」

週の頭、月曜日か火曜日の午前中、ツインズでは社内の業務予定や方針確認のための全体ミーティングを行うこととなっていた。

社長としては、当然そこに出席をして、今現在、社内外でどのようなことが起きているのかを正確に把握する義務がある。これまで、別段そのことを疑問に思ったり、負担に感じたりすることもなかった。それは単なる日常だったからだ。

でも今、僕はその義務を半分放棄している。

目の前で出ている議題や報告が、ほとんど頭に入ってこないからだ。

(どうしたら……よかったんだろうな)

チラッと、手元のスマホに目を遣《や》る。

河瀬川《かわせがわ》からの連絡は、その日を境に一切、来なくなった。

僕は先週の出来事をずっと引きずっていた。

彼女に、結局良い形で応えられなかったこと。断る以外の何もできなかったこと。

そして、今こうして、どうすることもできずに引きずっていること。

自分から、何かしらの行動をした方がいいのだろうか？　連絡がなくなったということで、余計なことはしない方がいいのだろうか？

迷いは深くなるばかりだった。

そうしている内に時間も経《た》ち、社員からの報告も一段落した。

「ミーティングは以上です。個別での連絡がある方は、直接当人までお願い致します」

議事進行役の社員の言葉で、皆いっせいに席を立って、会議室から出て行った。僕もその流れに従い、自分の席へと戻る。

「はぁ……」

ため息交じりに椅子へ腰掛けたところで、笑みを浮かべた男が近づいてきた。

「社長、顔色悪いぞ。最近飲み過ぎじゃないのか？」

専務の早川《はやかわ》が、缶コーヒーを投げてよこしてきた。

ありがとう、と言いつつ受け取り、

「飲んでないよ。むしろアルコールに関しては優等生だ」

「なら、酒よりタチの悪いものをやったのかもな」

内心を見透かされているようで、ドキッとした。

「おトミさんが心配してる。社長ふさぎこんでますって。あの子そういうのめっちゃ鋭いの、知ってるだろ？」

知っている。峰山《みねやま》さんは社内において、小さな変化にもすぐ気づいて報告してくれる。おかげで、未然に防げたトラブルもたくさんある。

僕がその対応に乗り出すことも何度かあったけど、まさか、自分が原因になりかけているとは思わなかった。

「ごめん、業務に差し支えないよう、すぐ復帰するよ。ほんと申し訳ない」

早川《はやかわ》は苦笑交じりにため息をつくと、

「ちょっと、気分転換でもしてきた方がいいんじゃないか？　ちょうど今、大きめの仕事も一段落して、お前は少し手を空けてもいい頃だろ」

「まあ、たしかに……」

「ズルズル引っ張って、いざ動かないとってときにくたばってる方が厄介だ。長は長らしく、その辺は切り替えてくれよな」

じゃ、そういうことでと言って、早川は自分の席へと戻っていった。

(頭が上がらないよ、ほんと)

早川も峰山さんも、常に僕のことを気にかけてくれている。会社を始めて、厳しいこともたくさんあったけど、こうして仲間に支えてもらえるのは心底ありがたい。

「……気分転換、ね」

とはいえ、あらたまってそう言われると、選択肢があまりにないことに気づかされる。

この仕事を始めて以来、とにかく無趣味の極みになってしまった。付き合いもあるしゴルフでもやれば？と言われてクラブを買ったりしたものの、結局、２度ほど打ちっぱなしに行っただけで終了してしまったし、同じく道具を買った海釣りも、三浦《みうら》半島で海水を頭から被《かぶ》ったきりだ。

音楽も映画も、仕事絡みで話題作を触るような生活になって以来、純粋に楽しめなくなってしまった。誰それのライブがあると言われても、結局ライブのＢＤを買うだけ買って、忘れた頃に家で眺めるような有様だ。

「都内、音楽、ライブ、情報……と」

あまりに消極的な検索ワードで、とりあえずネットに頼ってみることにした。

集合知というのはたいしたもので、こんなワードでもすぐに便利なサイトが一覧表示された。その中で、都心で近日中に行われるライブ情報をクリックする。

「へえ、最近観《み》てなかったけど、小さな箱もほとんど埋まってるんだな」

ネットのおかげでオンラインでのライブが盛況になる一方、そこに行かなければ体験できない、リアルライブの需要が高まっているという話は聞いていた。

今後、よほどのことがない限りは、こうしたライブイベントでの収益がベースになっていくのだろう。

そうした情勢はともかく、ライブはどこも満席ばかりだった。即日思い立って行けるようなイベントは、少なくともパッとは見つからなかった。

「さすがにそう簡単に、あ……」

ホイールを転がす指が止まった。画面の中央、まさに今日開催の情報のところで、あまりに見慣れた名前を見つけたからだった。

「N@《な》NA《な》だ」

SNSのフォロワー数十万、街中を歩けば人だかりができるレベルのスターになった同級生が、まさに今日、都心でミニライブをするとのことだった。

時間は夕方からで、1時間程度の予定らしい。

「当然、チケットは売り切れて……あ、これ無料でオープンのやつか」

外の会場にステージを作り、そこで行われるイベントのゲストとして招かれ、歌うとのことだった。どのぐらいの近さで観《み》られるかはともかくとして、ライブの雰囲気ぐらいは味わえるかもしれない。

「どうしよう……行ってみる、か」

エンタメの世界からは距離を置いたものの、同級生の活躍は見届けたかった。

不慣れな手つきでイベント情報を調べながら、僕は少しだけ、気分が高揚していた。

◇

秋葉原《あきはばら》で行われたミニライブは、大盛況のうちに終了した。

あくまでも新作ゲームのPRイベントということで、曲数は2曲だったけど、スタッフとのMCあり、裏話ありで、楽しいイベントだった。

「ありがとうございました〜っ！　少しですけど、歌えて楽しかった！」

N@NAがそう言って手を振ると、集まった大観衆からすさまじい量の声援と拍手が送られた。疑いようもない人気ぶりだ。

「すごいな、ナナコ……」

思わず、つぶやきが漏れた。

時折入ってくる噂《うわさ》で、とんでもない人気になっていることは知っていたけれど、こうしてリアルな反応を見ると、感慨深いものがあった。

現に、会場は人であふれかえっていて、ライブも声はしっかり聞こえたものの、実際の姿は小指の先ぐらいの小ささでしか確認できなかった。

（でも、頑張ってる姿が観られてよかった）

昔と変わらず、いや、輪をかけて高くなった歌唱力と表現力。彼女は、名実ともにスターになっていた。

イベントが終了し、ステージからは散開をうながすアナウンスが流れた。あまりこの場に滞留されると、色々と大変なのだろう。

こういうイベントごとの大変さは、身に染みてわかっている。さっさと退散して、スタッフの負担にならないようにしなくては。

会場の脇を抜け、人の流れに沿って大通りを目指す。

その途中、スタッフが待機しているテントの前を通りかかったところで、

「あれ？　もしかして……パイセンじゃないですか？」

突然、聞き覚えのある懐かしい声が聞こえた。

（パイセンって、まさか……！）

僕のことをそう呼ぶ人なんて、思い当たるのは1人しかいない。思わず、声のする方を向いた。

少し外にはねた髪とかわいらしい顔、そして丸くて大きな目。6年前と変わらない彼女が、驚きの表情で僕を見ていた。

竹那珂里桜《たけなかりお》。とびきり優秀で元気な後輩が、そこに立っていた。

「ああ！　ひさしぶ……」

ひさしぶりだね、と声をかけようと思った瞬間、

「って、わわわわっ!!」

思いっきり両肩を掴《つか》まれ、前後に勢いよく揺さぶられた。

「ちょーっっと!!!　ひさしぶりじゃないですかパイセン!!　もう全然連絡くださらないからどうしてるんだろって心配してたんですよ!!　もういっそこっちから連絡しちゃおうかなって思ってたんですけど、パイセンも会社やってらっしゃるし、タケナカも社長のしんどさってよくわかってるから、なんかうまいことバッタリ会ったりしないかなって思ってたらこれで!!　あの、それでこれからちょっと時間ってありますか??」

「あ、えーと、今日は特に用事はな」

「よかったあ!!!　ね、あの！　もちろん今小暮《こぐれ》先輩もいますんで、時間と場所確保しますからお話ししましょう!!　めっっっちゃあるんですよお話ししたいこと!!」

「え、小暮って、まさか」

言うが早いか、竹那珂さんはスマホですぐに通話を始めると、

「あ、お疲れさまです。ありがとうございました今日は！　それであの、演者さんと少しアフターで打ち合わせたいことがありますので、お時間、ええ、1時間でOKですので、そうですね、場所はこっちで、はい、ありがとうございます〜！」

一気に話をつけたところで、僕に向けてニコ〜っと満面の笑みを浮かべたのだった。

「はは、ははは……」

6年経《た》とうが何年経とうが、僕はこの子に圧倒されてばかりのようだった。

◇

「恭也《きょうや》～!!　ほんっとありがと、来てくれて!!」

顔を合わせて早々、僕はナナコにがっしりと手を握られ、上下にブンブンと振られた。

「い、いや、ほんとたまたまで……こっちも嬉《うれ》しいよ」

積極的なスキンシップに、少しばかり動揺してしまう。

ひさしぶりに会ったナナコは、うまく言えないけど、垢抜《あかぬ》けてメディア映えする感じになったなという印象だった。とびきりかわいく、綺麗《きれい》になったのはもちろん、人に見られる仕事というのを強く意識しているように思えたのだ。

「ほんっと、竹那珂《たけなか》ちゃんに感謝よ～！　よく見つけてくれたね！」

「そりゃもう、パイセンの顔は100万人の中からでも見分けつけますから！」

胸を張る竹那珂さんも、学生時代の天真爛漫《てんしんらんまん》な感じから、ちょっと大人びた感じに変わっていた。もっとも、元気いっぱいなトーンはまったく変わってないけど。

「こういう場所、ちゃんと確保してるんだね」

竹那珂さんが確保してくれた場所は、秋葉原《あきはばら》からタクシーで15分程度走ったところにある、隠れ家カフェ的なところだった。

席は完全に個室になっていて、プライバシーも守れるように配慮されているそうだから、こういう会合を想定して作られた場所なのだろう。

「前にちょっと、人が集まりすぎて警察が来ちゃったことがあって、それ以来ちゃんと場所を選ばなきゃいけなくなったんだよね～」

「そっか、もうそういう配慮が必要なんだな……」

大学時代、歌ってみた動画で人気が出始めた頃から、ナナコはもう学内における有名人にはなっていた。だけどあの当時は、まだ顔出しもしていなかったし、声で振り向かれるという程度の話だった。

それが今や、顔出しはもちろん、全国区のテレビや人気の配信にも出るようになった。昔みたいにファミレスで会おうなんてことになったら、冗談でも何でもなくネットニュースにもなりかねない。

人気者になったのは喜ばしいことだけど、窮屈さも感じているんだろうなと思う。

「歌、良かったよ。人前で歌うのを恥ずかしがってた頃からは、考えられないぐらいだ」

素直に感想を述べると、

「ありがと～！　って、いつの話よもう～」

ナナコは喜びつつ、恥ずかしそうに過去を振り返った。

「あの頃はすごかったよね。動画アップする前に何度も恭也《きょうや》に相談して～」

「なだめるのが大変だったの、よく覚えてるよ」

「あはは、おかげさまでもう、ステージであがることもなくなりました！」

ニコッと笑って、恥ずかしさを克服したことを話すナナコ。

（本当に、あの頃が過去になったんだな）

自信と実績を身にまとい、今の彼女は、本当に強くなったんだなと感じる。

ステージにおける彼女は、立ち居振る舞いからＭＣから、そしてもちろん歌まで、すべてにおいて堂々たるものだった。

最初のきっかけこそ少し関わったものの、ほとんどは彼女自身がつかみ取ったものだ。

「そういや、なんで竹那珂《たけなか》さんはあそこにいたの？」

ナナコのマネージャーとの連絡をすぐに取ったり、スタッフ用のテントにいたところを見ると、さっきのイベントに何かしら関わってはいたんだろうけど。

「えっ、恭也って竹那珂ちゃんから聞いてなかったの？」

「うん、イベントに関わる会社にいるんだろうなとは思ってたけど」

彼女については、お父さんの会社に就職して以降の話を、まるで聞いていなかった。

「あ、なるほど～。じゃあ、きちんとご挨拶しなきゃですね～！」

竹那珂さんはそう言って、横のナナコと共にニヤッと笑うと、

「わたくし、こういう者でございます」

「あ、ご丁寧にどうも……」

妙にかしこまった体で、名刺を僕に差し出した。

その社名と役職に目を通すと、

「トランスアクティブ株式会社、代表とりしまり……ええっ!?」

そこには、僕と同じ役職、つまり社長であることが記載されていた。

「そーなんです！　パイセン、タケナカも社長になっちゃったんですよ！」

「ねー！　すごいと思わない？　あの竹那珂ちゃんが、ね！」

「い、いや、君ら軽く言ってるけどさあ！」

エンタメ業界から離れたものの、社長という役職上、関連する企業で有名なところぐらいは知識として覚えている。

そしてトランスアクティブは、まさにその有名なところに入っている企業だった。海外のクリエイターを支援し、高品質なローカライズを行う会社として、業界内外でも注目されていた。

「父の会社に入って2年ぐらいは、社業を粛々と担当してたんですけど、なんかそれだけでは収まらなくなってきちゃったんですよね～」

それで、社長に直談判《じかだんぱん》して、新会社の設立を果たして4年目とのことだった。

「じゃあ、今は完全に社長業だけで？」

「はい！　て言っても、プロデュースから人事までやってますから、まあ要は何でも屋って感じです！」

「恭也《きょうや》、竹那《たけな》珂《か》ちゃんは優秀よ〜！　ま、いっしょに仕事してたから当然知ってると思うけど！」

たしかにその点は絶対的な信頼感があった。

「そんなことないですって！　まだまだ全然初心者で……あ、パイセンがもし、いい人材がいて紹介したいって話があったら、ぜひぜひお声がけくださいね！」

「う、うん、そういうことがあったら、ね」

業種の違いもそうだけど、なかなかにハイレベルな人材を求められそうだ。

そして話はイベントの件に戻ると、

「今回、うちから出すゲームの日本版の主題歌をナナコさんにお願いしたので、じゃあイベントやりましょってことになったんですよ〜！　先輩、ほんっっとお忙しいところ、ありがとうございましたぁ！」

「いや〜、竹那珂ちゃんからのお願いじゃ、そりゃ聞かなきゃねって感じよ〜！」

目の前で楽しげに話す様子は、同人ゲームの主題歌をお願いしたんですよ〜ぐらいのノリにしか感じない。

だけど、竹那珂《たけなか》さんの言うゲームはおそらく世界規模の作品であり、ナナコが主題歌を引き受けることで、相当な額のお金が動いたはずだ。

「でもさ、あたし……」

ふと、ナナコが口調を変えた。

「たまに思うんだ。学生の頃やってたような、みんなでいっしょになって何か作ってたの、またああいうのやってみたいなって」

ストローで、ドリンクの氷をコロコロとかき回しながら、ちょっとだけさみしそうな口調で、そう言った。

少し、心が痛んだ。

ナナコが楽しそうに、企画に取り組んでいてくれたのは知っていた。その上で、僕の判断により、「みんなで」が変わった。

「その……ごめん、僕が流れを切るような形になって」

「ううん、全然！　だってさ、別にそれは悪いことでもないんだし、何より恭也《きょうや》が選んだ道なんだから！」

ナナコはそう言って、気にしないように言ってくれたけど、

「タケナカはちょーっとだけ不満ですけどね！　やっぱり、パイセンはバリバリにものづくりができる人だって、今でも思ってますから！」

その真横で、竹那珂さんはちょっと納得していない様子だった。

彼女の場合は、僕といっしょに仕事をしていた時期があっただけに、思うところがあるのかもしれない。

「はは、今でもそう言ってくれるのは竹那珂さんぐらいだよ」

本当は違うんだけど、あえて河瀬川《かわせがわ》の名前は出さないことにした。

「そうなんですか～！　じゃあ、もしパイセンがやる気になったら、ぜひ弊社に来てくださいね！　書類が届いた段階で採用しますから！」

おそろしく力のあるコネ入社の現場を見た気がする……。

その後も2人は、今後の企画やイベントについての話を続けていたけど、きっかり1時間で楽しいトークは終わり、またみんなで飲みに行こうねという決まり文句と共に、僕らは解散することになった。

「じゃ、何かあったらRINEかDMちょうだい！」

2人から連絡先をもらって、僕は最寄りの駅まで歩くことにした。なんだか夢の中にいたような、そんな時間だった。

(住む世界が違うって、まさにこういうことなのかもな)

さっき、あの場所にいた3人は、疑いようもない、かつての仲間たちだ。

だけど僕はルートを変更し、彼女たちはそのまま突っ走っていった。そこに6年という時間を掛け合わせることで、距離はこの上なく開いていった。

さっきみたいに、懐かしさと共にかつてのことを思い出すことはあっても、それが現実になることは、おそらくあり得ない。

竹那珂《たけなか》さんの話にしたって、それが社交辞令であることぐらいは、僕はもう、理解できる年齢になってしまった。

河瀬川《かわせがわ》のことでずっと悩んでいたけど、やっと結論が出たように思う。

(連絡するなんて、馬鹿なことはやめよう)

違う世界のことに、首を突っ込んではいけない。流れのあるところをせき止める資格があるのは、別の流れを作る覚悟を持った人間だけだ。

少なくとも、僕にそれがあるとは到底思えなかった。

◇

思いも寄らぬ出会いがあった翌日、その余韻に浸る間もなく、僕は次の大きな仕事に取りかかっていた。

「出版の人?」

「そうだ。ミーティングでも話が出ただろ? 新規事業の開拓ってやつで、営業の子がしっかりと話を持ってきたんだよ」

ツインズでは、外注だけでなく内製でもデザインワークが可能なように、制作部を設けており、デザイナーを複数人雇用している。だが、仕事のあるときとないときの振り幅が大きく、安定した勤務体系を目指すために、コントロールのしやすい安定した案件を作ることが、直近の課題となっていた。

営業部と制作部が密にやり取りをした結果、個人名がクレジットとして残るような、やりがいのある仕事を制作部が求めていることがわかった。それならばと、元出版社勤務の営業社員から、書籍の装丁の仕事はどうだろうかと提案があった。

話は順調に進み、ポートフォリオを手に営業部が動いた結果、新規外注デザイナーの起用に意欲的な出版社から返答があり、今日はその顔合わせだった。

それ自体は、とてもとてもいいことなのだけど、

「サクシードの出版部、か……」

その社名には、少しばかり引っかかるところがあった。

「まあ、お前が複雑な思いを持ってるのはわかる。だけど直接関係のある部署じゃないし、そもそもこれは仕事だからな」

「わかってるよ、大丈夫だ」

「よし、じゃあ行くか」

会議室にはすでに、先方の担当者が待っているとのことだった。

かつてバイトをしていた頃、サクシードにはゲーム制作の部署しか存在していなかった。しかし東京《とうきょう》に本社を移転し、茉平《まつひら》さんが代表になった頃合いで出版部を設立し、今ではそのコミック部門が飛ぶ鳥を落とす勢いだと聞いていた。

その一方で、当初周囲が予想していた自社ＩＰ、つまりゲームなどの二次利用については、あまり積極的でないとの話もあった。

ゲーム開発に関することだから、なのかもしれない。

そう考えると、腑《ふ》に落ちない点がどうしても頭をよぎってしまう。

（今日は仕事の話なんだ、関係ないよ）

再び言い聞かせるようにして、会議室のドアを開けた。

サクシードからは2人、出席していた。スーツ姿の営業社員と、実務の制作担当だろうか、カジュアル気味の服装でもう1人、参加していた。

営業担当者と挨拶を交わした後、カジュアルな方とも向かい合った。

「サクシード出版部、課長の宮本《みやもと》と申します。はじめまして」

「橋場《はしば》です。ご足労いただきありがとうございます」

名刺を交換し、相手の顔を見る。

（出版部の課長職……現場の責任者、ってところかな）

年齢は自分よりも少しだけ上か、もしくは同じぐらいだろうか。カフェオレ色の髪にジャケット、ノータイという服装は、いかにも出版系の人間というイメージだ。

もっとも、雰囲気が少しチャラく見える以外は、なんとも仕事のできそうな、オーラのようなものを感じたのもたしかだった。

「早速ですが、弊社の出版事業について、御社のご協力を賜り、まことにありがとうございます。こちらは……」

手元の書類を読み進めながら、相手の説明を聞いていく。

出版業界は、わかりやすく大手が強い影響力を持っている。過去のIPを有効に使えるのももちろん、作品作りのノウハウや出版営業のルートが、なかなか新規参入では構築できないというハードルがあったからだ。

あと2年ほど経《た》って、電子書籍やウェブコミが勢いを増すようになると、この力関係も少し変わってくる。が、この段階ではまだ旧態の力関係がものを言う時代だった。

(そんな中だけど、がんばってるんだよな、サクシードは)

大手から編集者を引き抜きつつも、きちんと後進を育てることにも意欲的だった。設立から数年は厳しい状況だったものの、そこから徐々に作家も育ち、近年ではオリジナル作品でヒットも飛ばしていた。

超有名なIPをもっている大手出版を向こうに回して、この人気は堂々と胸を張れるものだと思う。

「伸びがすごいですね。競合が多い中で、これはすばらしい」

素直にその数字を褒めると、

「はい、弊社代表の茉平《まつひら》が肝いりで取り組んでおりまして……」

茉平、という名前に一瞬、頬《ほお》がピクリと動いた。

事業拡大の一方で、彼らのその選択には謎の部分もある。

どこまで聞けるかはわからないが、河瀬川《かわせがわ》の語っていた開発部の受難について、少しばかり聞いてみたいと思った。

「少し、疑問点があるのですが」

「なんでしょうか？」

「御社が過去に作られたゲームなどの作品、その二次利用をした書籍などについては、展開のご予定はないのですか？」

厳密に言えばうちの業務内容とは関係の薄い事柄だけど、今の流れなら聞いても問題ないはずだ。

「正直、上の反応が良くないんですよね。せっかくの自社ＩＰですし、活用したいのはやまやまなのですが」

やはり、そこで止まっていたのか。出版部の現場判断ではなく、上の意向であることが

確定した。さすがにこれ以上は立ち入った話になると思い、「そうなのですか」と話を切ろうとしたところ、

「実は……」

驚くべきことに、宮本《みやもと》さんの方から、

「弊社の開発部は、近いうちに閉鎖する予定でして」

例の閉鎖についての話を、打ち明けられたのだった。

「それは……大変なことですね」

「すみません、リリースは後になるので、まだご内密にお願い致します」

秘密保持契約を結んでいるので、それについては問題はないが、もう提携先に伝えるような段階になっていたとは。

(内々ではもう、決まったも同然ということだよな)

河瀬川《かわせがわ》はどう思っているのだろう。

そう思わざるを得ない話だった。

「身内の恥をさらすようで恐縮なのですが、こと開発に関しては、弊社の上層部が何を考えているのかわからないんですよ」

宮本さんは腑《ふ》に落ちないことでもあったのか、さらに続けた。

「現部長も、どうやら別の業種に移るようで。完全に見切りをつけたのか……」

その一言が、発せられた瞬間。

「えっ、河瀬川が？」

思わず、声を上げていた。

「あ、あの、弊社の河瀬川をご存じで……？」

宮本さんが、驚きの表情で僕を見ている。

横では早川《はやかわ》が、「バカ！」と言いたげな様子で僕に視線を向けていた。

「あ、いえあの、河瀬川さんとは、元々大学の同期でして」

あわてて、そのように付け加えた。

宮本さんは、「そうでしたか」とうなずくと、

「ご存じでしたら、よくおわかりかと思うのですが、彼女は本当に優秀なんです」

「……ええ」

他部署の人間に知られるぐらい、彼女は仕事ができる存在だったようだ。それなら余計に、開発部の受難が気になる。

何か私怨でもあったのかと疑問を持ちたくなる。

「社内事情が許せば、出版で引き取りたいって話もしていたんですが……どうにも本人の意志が堅そうなので。いや、すみません。余計なことを申しました」

話を戻しましょう、と宮本さんが言ったことで、開発部の話はそこで終わった。

そこからは具体的な仕事の内容や、月々の発注量の話になったので、制作部の人間に任せることにした。

僕は資料を読みながら、さっきの一連の話を考えていた。

(河瀬川《かわせがわ》、どうして……)

サクシードが開発部をなくす方針である以上、そこから離れるというのはわかる。

しかし、それなら同業他社への移籍を考えるのが普通であって、制作職そのものから離れるというのは、余程の理由があったのだと考えてしまう。

それはいったい、何なのだろう。疑問を解消するどころか、かえって悩みの種が大きくなってしまった。

◇

「お前、いつからそんな子供になったんだよ」

会議が終わり、宮本《みやもと》さんたちを見送ってすぐに、僕は同じ会議室で早川《はやかわ》から詰められることになった。

「ごめん、本当にごめん」

何ひとつとして抗弁できる材料もないので、僕もひたすらに謝った。彼はそんな僕を見

て巨大なため息をつくと、

「あれ、完全にお前と付き合ってるか、前に何か関係でもあったって思われてるぞ」

たしかにあの言い方では、そう思われても仕方ないのかもしれなかった。

「河瀬川はそういう相手じゃないよ」

「だとしても、ただの友人ではないって感じなんだろ？」

それは否定できなかった。

「とにかく、今回の案件はお前が扱ってるものじゃなく、うちにとって待望の、社員が自ら動いて実現させようとしてるものだ。収益の多寡は関係ない。この会社が、俺とお前のツインズから、きちんとしたサービス企業に生まれ変わるための、最初の一歩と言ってない。理解、してるよな？」

「なのに、社長である僕が余計な動きをすることで、もし破談にしてしまったら、取り返しの付かないことになる」

わかってるじゃないか、という目で早川が僕を見る。

「あとで営業の子にも謝っておきなよ。頼れる社長が、いったいどうしたんだろうって思ってるに違いないからな」

最後は少し苦笑気味に言って、早川は会議室を出て行った。

河瀬川のことが思わぬ形で浮かび上がったことで、思い切り動転してしまっていた。その点は、本当に反省しなければならない。

ただ、それはそれとして、話は見過ごせない内容だった。

「少しでもわかるやつに……聞いてみるか」

会議室を出て、オフィスの外にあるベランダまで出る。ここならば、人に話を聞かれることもない。

九路田《くろだ》にＲＩＮＥを送ると、今なら通話もできるとのことだったので、すぐにかけることにした。

「悪い、こんな時間に」

最初に突然の連絡を詫《わ》びると、

「いや、いいよ。ひょっとして河瀬川《かわせがわ》のことか？」

未来予知でもしているかのように、聞きたいことを言い当てられてしまった。

「ああ。よくない話を聞いた」

「だろうな。俺のとこにも例の元社員から情報が入った。だから橋場《はしば》もそうかなと思ったんだが、当たったたな」

目の前が暗くなったように感じた。河瀬川が、クリエイティブの世界から去る。あれほど熱心で、力のある人間が。

「今のところ、俺が把握してるのはその事実ぐらいだ。また何かわかったら連絡するよ」

「ありがとう、すまない」

礼を言って、通話を切った。

５階のベランダは、冷たい風がずっと吹き付けている。いつもなら、電話が終わってすぐに震えながら中に入るところが、今日に限っては、なかなか戻ることができなかった。

考えていた。このことを知って、どう行動するのかについて。

「今さら、僕が出しゃばるようなことでは……」

社会人として、一般常識としてはそれで正解だ。すでに彼女の話も聞いているし、何より、協力して欲しいという頼みも断っている。

でも、このまま何もせずに成り行きを見守っていいのかという思いもある。僕と違い、作品を作る道を歩んでいた彼女を、引き留めなくていいのだろうか。

自問自答を何度もくり返す。この問いは、元々僕に投げかけられていたはずのことでもあった。そして僕の決断に対し、みんなはそれを尊重してくれた。

ならば、河瀬川もそうではないのか。

「………話だけでも」

どうしても、何もしない選択肢は選べなかった。ＲＩＮＥにメッセージを送り、それで応答があれば、通話をしてみよう。

『少し、話したいことがあるんだけど、時間もらえるかな』

短いメッセージを送った。

河瀬川《かわせがわ》は、RINEのチェックはかなり早いほうだった。かつて、携帯電話に疎くてメッセージの確認を僕にさせていた彼女とは思えないぐらい、スマホも使いこなしていた。

しかし、メッセージには既読のつく様子がなかった。

「いそがしいのかな……」

仮に仕事を辞めて他業種に移るとしたら、その準備もあるのかもしれない。また気づいた頃に反応があるだろうと思い、僕はスマホをポケットに入れ、寒い冬空の下から暖房の効いたオフィスへと移った。

しかし、その日もまた次の日も、河瀬川に送ったメッセージは未読のままだった。

◇

3日後、僕は新宿《しんじゅく》の駅にいた。

いつもは、山手線《やまのてせん》から駅構内を経由して中央線《ちゅうおうせん》に乗り換えるため、新宿は途中の乗り換え駅でしかなかった。しかしこの日に限っては、改札を通って西口からオフィス街へと歩いていった。

手に持ったスマホで、西新宿《にししんじゅく》の地図を確認する。

「三村不動産西新宿《みむらふどうさん》ビル……あ、ここか」

大きな大学病院すぐ近くに、大手不動産の建てたオフィスビルが何棟か立っている。その中の1つの複数フロアに、僕の目指す先があった。

「こんな場所にあるのか、サクシード」

大阪《おおさか》から移転した元バイト先は、副都心のほぼ中央に、新しい本社を構えていた。

ゲーム会社というのは、特にこの場所に集中している、という傾向があまりない。たとえば、ギャルゲーの開発ならば秋葉原《あきはばら》、アニメ制作スタジオは西武沿線《せいぶえんせん》、出版社なら音羽《おとわ》、一ツ橋《ひとつばし》といった傾向があるのに、だ。

なので、西新宿に本社があること自体は別段めずらしいわけではないのだけど、トップレベルの企業が軒を連ねるこのオフィスビルへの入居は、覚悟があってのことだろうと思われた。

「茉平《まつひら》さん、本気でゲームを捨てる気なのかな」

威風堂々と立つビルを前に、そんなことを思う。

以前にこの辺りの家賃を調べた際、とてもじゃないけれど検討すらできない金額だったのを覚えている。収益の目処《めど》がしっかりと立たなければ、オフィスを借りようとは思えない場所だった。

だけど、今日はサクシードの行く先を見届けに来たんじゃない。

「会えるかな、河瀬川《かわせがわ》……」

スマホを開き、彼女とのRINEのやり取りを示すページを開く。

3日が経《た》っても、僕の送ったメッセージは未読のままで、それどころか、2回ほどかけた通話も受け取ってはもらえなかった。

それならばと、会社に連絡してアポを取ろうとしたところ、外部の方との打ち合わせは一切お断りしていますと突き返されてしまった。電話応対をした人も、理由は聞かされていないとのことだった。

それで、最後の手段として、直接彼女に会いに来たというわけだった。

「一歩間違えばストーカー、だ」

思えば勝手なことばかりしている。必死だった彼女のお願いを断り、それから連絡もロクにしなかった上、仕事を辞めるという話を聞いたら聞いたで、こうして粘着して会おう話そうとする。

頭の中にいるもう1人の自分は、こんなクズみたいなことはやめろと、ずっと言い続けている。しかし、どうしてもやめることはできなかった。

(何が、そうさせているんだろう)

はっきりとした理由はわからない。道半ばで進行方向を変えた僕の姿を、彼女に重ねているのかもしれないし、側《そば》で見ていてすばらしく才能のあった彼女を、本当に惜しいと思ってのことかもしれない。どれも正解だと言えるし、だけどどれか1つとなると、正しいとは言えない、そんな感じだった。

ただ言えるのは、何もせずに彼女が辞めるのを見届けることはできない、ということだった。

「ほんと、何なんだろう、僕は」

強いビル風に吹かれながら、自分のことを呪う。

クリエイティブとは別の道を歩み、そしてそこでしっかりと頑張ったはずなのに、ほんの少し、その日常に風が吹いただけで、こんなザマをさらしている。

やめてしまえば、すべて問題なく収まるはずなのに、自分がよくわからなくなる。早川《はやかわ》が情けなく思うのもよくわかる。

「河瀬川……」

彼女はずっと、強い存在であり続けた。でも僕は知ることになる。彼女が実は内面にずっと弱いものを抱えていて、クリエイティブという大きな壁の前に、進むべきか退《ひ》くべきかで悩んでいたことを。

だから、今ここでまた悩んでいることも、理屈ではわかる。わかるんだ。

でも。

「あっ」

風がやみ、顔を上げたところで、

「……っ」

臙脂《えんじ》色のコートに身を包み、足早に去ろうとする河瀬川英子《かわせがわえいこ》と、出会った。

僕の顔を、姿を見て、まさかという面持ちのまま、足を止めている。

「ごめん、河瀬川、どうしても話したくて、ここに」

彼女は何も答えなかった。驚きの表情のまま、僕の言葉を聞いていたけれど、

「話すことはないわ。それじゃ」

そのまま、足早に去っていこうとした。

「会社、辞めるって聞いたんだけど」

背中に向かって声をかけたら、彼女の動きが止まった。

「もったいないよ。河瀬川なら、きっと良いものが作れるのに、辞めるのはもった……」

さらに言いかけたところで、

「なぜ、そんなことが言えるの？」

彼女自身の言葉で、さえぎられてしまった。

「もう、終わりにしようって決めて、色々考えた結果そうしたのに、何も知らない貴方《あなた》がいきなりなんでそんなことが言えるの？」

「なんで、って……」

たしかに、僕は彼女のこれまでをよく知らない。だけど、河瀬川英子がどういう人間だったかは、わかっているつもりだ。

「そりゃ、河瀬川の才能がもったいないから、って」

「そんなもの……あったら辞めてないわよ、会社も、制作も」

ハァッと、ため息を押し固めたような呼吸をして、

「橋場《はしば》は、わたしが……どんな仕事をしていたか、知っているの？」

「どんなって、ゲームを作ってたんだろう？　ディレクター、プロデューサーとして」

河瀬川は、鋭い目で僕の顔をにらみつけた。

「そんなの、ｗｉｋｉでも何でも見れば５秒でわかることでしょ。最初のゲームでどんなギミックを入れたのか、２作目でどう改良したのか、３作目でさらに発展させたのか、ジャンルは、システムは、ストーリーは、何がわかるっていうの」

「それは……っ」

言い返せなかった。

彼女の作ったゲームは買った。だけど、たしかにプレイをするまでには至らなかった。

それでいて、才能がどうとか仕事を辞めるなとか、言う資格がないと責められても仕方がなかった。

「わたしが作ってきたもののろくに知らずに、言えることじゃないわよ」

「…………」

いつの間にか、周りには微妙に人だかりができていた。公衆の面前で、いきなり言い合いを始めたのだ。痴話げんかの類《たぐい》だと思われたのかもしれない。

「帰って」

河瀬川《かわせがわ》は小さくそう言って、僕に背を向けて去っていった。

僕はその小さな背中に声をかけることも、走り寄って呼び止めることもできず、ただその場に立ち尽くすだけだった。

◇

昔から、行動力にだけは定評があった。

とりあえず、まずはやってから考えよう、失敗はきっと糧になるから、無駄なことなんてないから。そう信じて、僕の長所だと信じてこれまで生きてきた。

だけど、今日やったことは、明らかにやらない方がよかったことだった。河瀬川の悲しみも決意もわからず、自分勝手に気持ちをぶつけただけで終わってしまった。いや、その後の彼女の反応を思えば、「だけで」なんてことも言えなかった。

「そうだよ、河瀬川の言う通りだ」

何もないままに、いきなり押しかけて言葉を並べたのでは、彼女が心を動かすはずもなかった。

あれだけものづくりに関わってきたのに、基本中の基本を忘れかけていたんだ。

すべては作品の中にある、ということを。

「何かあるんだ、あるはずなんだ」

河瀬川《かわせがわ》の言葉に、引っかかるものがあった。

彼女は僕がゲームをプレイしていないことを即座に見抜いた。だけどそれは、あの最小限の情報から、どうやって確信にまで持っていけたのだろうか。

別に深い理由はなかったのかもしれない。だけど、もしそこに理由があったのなら。

プレイしていたのなら、あの場で言うべき言葉があったのだとしたら。

それがわかるまでは、落ち込むのはあまりに早すぎる。

「やってみよう」

セロファンに包まれていたパッケージを、丁寧に開封した。

陣天堂《じんてんどう》の携帯ハードにソフトを差し入れ、電源を入れる。開発費を次第に減らされていたこともあって、サクシードでは近年、携帯ハードでしかゲームを作っていなかった。

サクシードの企業ロゴが出た後、タイトル画面が表示された。

一呼吸置いたのち、タッチペンでアイコンをクリックした。

河瀬川が、初めてディレクションとプロデュースを担当したゲームだ。ジャンルはADVで、携帯ハードのゲームらしく、画面内の様々なものをクリックして、謎解きをしていくというシステムだった。

シンプルな作りだったけれど、そのゲームは、飽きさせない工夫が随所に仕込まれていた。最初の謎解きは簡単に解けるようにしておきながら、２つ先の謎解きでは、その先入観があると解くのが難しくなるようにしてあったり、惰性で続けられない作りがとても心地よかった。

いや、そんな批評的な形を取るまでもなく、シンプルにこのゲームは、

「おもしろい……！」

ネットの評判も概《おおむ》ね好評で、本数こそあまり出なかったものの、何度か再販を重ねる程度にはしっかりと売れており、初回限定版にはプレミアがついているほどだった。

「これを、河瀬川が作ったのか」

元々、ゲームのことをほとんど知らなかったはずの彼女が、だ。そもそも機械オンチだったところからのスタートだから、きっとゲームの成り立ちから仕組み、そしてこれから先どうなっていくのかを学んだ上で、丁寧に作ったに違いなかった。

「やっぱり、すごいよ……もったいないよ、河瀬川」

最初は、河瀬川の作ったもの、ということで興味を持った。だけどいつしか、その大前

提は二の次となり、中盤から終盤にかけては、純粋にこのゲームの先が気になるという心境へと変わっていた。

ぶっ通しのプレイで約12時間。寄り道などはほとんどしなかったから、丹念に遊んでいけばもっと多くの時間、楽しめたはずだ。

「これで3千円しないんだからなあ」

今現在の相場からしたら、めずらしくもないのかもしれない。だけど、僕にはこの値段でここまで楽しませてもらったことに、驚きと嬉《うれ》しさを感じていた。

きっと、購入して絶賛のレビューを書いたプレイヤーたちも、同じ心境だったんだろうと思う。

最後の最後まで作り込んだであろうゲームのラスト、エンドロールは本編に比べてとても簡素だった。この辺りのバランスも、河瀬川《かわせがわ》らしいなと思った。

グラフィックやプログラムのクレジットが流れ、最後に河瀬川の名前がディレクションとプロデュースとして流れる。いいゲームをありがとうと、流れるそのクレジットに軽く頭を下げたところで、

「ん……?」

僕はそこに、異変を感じた。

「え、これって」

彼女の名前が流れていったその直後。

スペシャルサンクスとして何人かの名前が表示された、その最後に。

わざわざ一行を空けて、何文字かの英字が記されていた。

ただそれだけのことなら、見過ごしていたかもしれない。また、このゲームが何の因縁もない、フラッと気になって買ってみただけの作品なら、スルーしていたかもしれない。

だけど、この作品は河瀬川英子《えいこ》という人間が主導して作ったゲームであり、ゆえに僕にも間接的に繋《つな》がりがあった。

だから、

「そんな、え、偶然、だよな」

最初はそう言って半信半疑だったものが、

「いや、偶然……なわけがない、だろ」

頭の奥がツンとしびれるような感覚と共に、それは確信へと変わっていき、

「なんだよ……河瀬川、お前……っ」

目の前の文字が、どうやって見ようとしても、にじんでぼやけて、全然読めたものじゃなかった。

コントローラーを強く握りしめた手が、鈍く痛んで仕方がなかった。

やっぱり、何も知らないのは僕だけだったんだ。

大ヒットしたアニメ映画のおかげで有名になった、西新宿《にししんじゅく》の新しいスポットがある。複数連なった形の歩道橋だ。

西に生命保険会社の特徴的なビル、東に学習塾と飲み屋街、そして橋の下には何車線にも広がった靖国《やすくに》通り。東京《とうきょう》の中でも有数の、絶えず人が行き交っている場所だった。

彼女がいつも、ここを通って駅へ行くことを知っていた。地下をくぐっていけばいいのに、ここからの景色が密《ひそ》かに気に入っていて、それもあって利用していることも。

だから、ここで張っていれば、

◇

「……やっと来た」

いつかは河瀬川《かわせがわ》と会えることを、僕は知っていた。

「待ってたの、ここで?」

あきれたような口調で、そう尋ねてきた。

「おとといから3日連続で。会社の前だと迷惑かかるといけないから」

意を決して、最後にまたお節介をしようと行動に移した。よりきちんと話ができるように、場所を変えて。

だけど彼女は、軽くため息をつくと、

「いっしょよ、どっちでも。それじゃ」

カツカツと靴音を響かせ、僕の脇をサッとすり抜けていく。

僕はそうされるのをわかっていたかのように、彼女がちょうど真横に来たところで、静かに言葉を発する。

「『トイボックス・ミステリー』」

彼女の足が止まった。

河瀬川英子《えいこ》の名前を一部のゲームマニアに知らしめた、先日遊んだゲームのタイトルだった。

僕と彼女、お互いがほぼ同時に振り向いた。

河瀬川は少し驚いているようだった。そのタイトルこそ、先日彼女が口にしたばかりの、どうせやってもいないんでしょう、という作品だったからだ。

それを承知の上で、僕は言葉を続けた。

「最初の謎。錠前をタッチペンでくるくる回して外すギミック。意外とシビアな操作を求められて歯ごたえがあった。2つ目の謎。本に挟んである栞《しおり》の色。法則性に気づくのが早ければスルッと解ける仕掛け。僕は気づかなかったから遅かった」

明らかに驚きの表情を見せる河瀬川。

「橋場《はしば》……」

まさか、というトーンで僕の名前を呼んだ。

「そして3つめの謎。最初の謎と同じく錠前が付いてるけど、実は鍵穴は無関係で、息を吹きかけることで、錠前が解けるようになってた。これ、おもしろい仕掛けだった」

「ストーリーもとても良かった。1つの家族の話を、世界の問題にまで説教くさくせずに広げる手法は、きちんとシナリオを学んだ君ならではだった」

きっと、周りから見ればいわゆる早口オタク的な感じだったに違いない。まさに熱の冷めやらぬ内に、僕はすばらしいクリア体験を、制作者に対して熱く語った。忖度《そんたく》も遠慮も、何もない正直な感想だった。

「こんなにもしっかり作っていたのに、触れもせずに河瀬川《かわせがわ》を説得しようとしたこと、本当に申し訳なかった。バカだった。何も考えていなかった」

怒られて当然のことだった。たとえ褒められたとしても、その中身が伴っていなかったり、見当外れだったりしたら、その感情はプラスよりもマイナスに動きかねない。

だから、遅すぎる行動だとしても、きちんとこの感想を伝えたかった。

そして、

「1作しかプレイできていないけど、トゥルーエンドまでやりきった上で、改めて言うよ。河瀬川の次の作品が見たい。君が作るもので遊びたいから、だから……」

息を飲み込んで、しっかりと伝えた。

「だから、辞めないで欲しい。『ＡＮＤ　ＫＨ』からのお願いだ」

「あっ……」

河瀬川から、思わず声が漏れた。

彼女が作るゲームには、必ず決まった文字列がエンドロールに記されている。ゲーム系の情報サイトや掲示板での情報だったが、それが何を意味しているのかについては、どんな評論家もゲーマーも、当たってはいなかった。

だってそれは、ＡＮＤのあとに記されたそのイニシャルは。

「Ｋ・Ｈ、キョウヤ・ハシバ。そういうことなんだろう……？」

明らかに不自然な、だけど重要であることがわかるような、そういう位置づけでこの文字列は表示されていた。

単なる偶然や、同一のイニシャルを持つ別人か、もしくはまったく何の関係もない理由であることも考えられたけど、僕にはどうしても、これが僕を示しているのだとしか思えなかった。

河瀬川は、僕の言葉を真顔のままで聞いていたけれど、

「何よもう、都合が良すぎるのよ貴方《あなた》は！」

急に鋭い言葉で、彼女は怒りの声を上げた。

「イニシャルがK・H？　そんな人なんかいくらでもいるでしょう。なのによく自分の名前だって確信が持てるわね。貴方《あなた》と会わなくなって何年経《た》ったと思ってるの？　なのに未練がましく自分の名前を入れてくれたんだ～なんて、気持ち悪いにも程があるわ！」

「あ、いや、その、間違い……だったの？」

あまりに勢いよく詰められて、本当に間違いだったのかと焦ったけど、

「ま、間違いじゃ……」

よくよく河瀬川《かわせがわ》の顔を見て、それが間違っていなかったことに気づいた。

だって彼女は、明らかにムキになって、顔を真っ赤にして、息を切らせながら言っていたから。

「間違いじゃ……ないわよ」

ツンと横を向いた彼女は、6年前と変わらない、河瀬川英子《えいこ》だった。

◇

さすがに人目が気になったので、僕らは移動して話をすることにした。

河瀬川の示した先には、大手チェーンのハンバーガーショップがあった。この近くの企業に営業で出向いた帰りに、僕も立ち寄ったことがある店だった。

　夕方から夜にかけてのこの時間、混んでいることを覚悟していたけど、たまたま偶然が重なったのか、比較的空席が目立つ状況だった。

「これぐらいならまあ、小声で話せば問題ないかな」

　会社からほとんど距離のないところで、内情を話すのはさすがにはばかられる。なるべく会話が聞こえにくい、隅の席を確保した。

　ストローで烏龍茶《ウーロンちゃ》を少しだけ飲むと、河瀬川はさっきと打って変わって冷静な表情で、

「橋場《はしば》はどこまで知っているの？」

　僕は知っている限りのことを話した。九路田《くろだ》から聞いた情報、出版部の宮本《みやもと》さんからの話、サクシードの開発部がもはや解散寸前で、河瀬川自身も辞めようという意向である旨などを、複数の線から聞いたことを告げた。

　河瀬川はジッと黙ったまま、僕の話を聞いていた。

「意外とこういうことって、尾ひれが付いたりしないものなのね。当事者になって初めて知ったわ」

　他人事《ひとごと》かのように、そう言ってうなずいた。

「それじゃ、今出た話って」

「ええ、間違いないわ。開発部はもう解散寸前で、わたしも仕事を辞めようと思ってる。どちらも正確な情報よ」

あまり当たって欲しくない情報が、どちらも正解だった。

「最後のチャンスで企画を出さなきゃって話、したわよね？」

うなずく。そもそも、それがすべての始まりだったから。

「わたしも最初は、なんとかしていい企画を出して、それで次に繋《つな》げようって思ってた。あの手この手で企画を考えて、だけどやっぱり結果が出なくて、それで行き詰まったときに、貴方《あなた》のことを考えたの」

涙でにじんで見えた、僕のイニシャルが脳裏に浮かんだ。

「わたしね、貴方にあこがれてたのよ。学生の頃からずっと」

「あの頃から……？」

彼女は、ええ、とうなずくと、再び烏龍茶《ウーロンちゃ》の入ったコップを手に取った。

「学生の頃、わたしはとにかくスキルと知識を追い求めていた。それを磨きさえすれば、きっとトップになれるって思ってたから。他の誰が何を言ったって、聞き入れるつもりはなかったし、1人でやっていけるって、本気で考えていた」

思い返すように天を見上げ、そして僕の方を見た。

「そこに、貴方が現れたわ。最初は映像のことを何も知らなくて、なんでここに来たのかわからない、半端なやつって思ってた。でも、話せば話すほど、貴方の中にはわたしにない、得がたい熱のようなものを感じ取れるようになった。出てくる発想も行動も、わたしより何歩も先を進んでた。次はどうするんだろう、何を考えているんだろう、漠然としか考えていなかった未来に、生まれて初めて期待するようになった。橋場恭也《はしばきょうや》のこれからが、とても楽しみだった。なのに――」

ゆっくりと、目を閉じてうつむいた。

「貴方がエンタメの世界から去ったとき、とてもショックだった。わたしはどこを見て歩けばいいんだろうって、歩いて行く先が消えてしまったように思った」

大学の終わり頃、彼女は僕に何も言わなかった。責めるようなこともなかった。貴方が決めたことでしょう、とだけ言ったのが、すべてだと思っていた。

だけど、そうじゃなかった。今さらになって、それを知ることになるなんて。

「何の因果か、ゲームを作る仕事をするようになって、いつも脳内では貴方に相談していたわ。橋場ならこうするかな、これは許さないかな、って。だから、ずっとエンドロールに貴方のイニシャルを残してきた。未来を楽しみにしている、っていう証《あかし》だったのかもしれない」

フーッと、息を吐き出して苦笑する河瀬川《かわせがわ》。口調は重たかったけど、重い荷物を下ろしたかのような、どこかさわやかな表情だった。

「でも結局は、未来じゃなくて、過去に執着しているだけだったのかもね。学生時代にキラキラしてた、夢を求めてただけだったのかも」

苦笑する彼女の表情は、学生時代には見たことのないものだった。

「ごめんなさい、会社にまで押しかけたりして。でもそれも、これでもう終わりよ」

彼女の話を胸に刻みながら、僕は一方で、自分の会社のことについて考えていた。

あることを決めた場合、それは直接的に、会社へ迷惑をかけることになる。立場的に言えば、避けなければいけない話だ。それはわかっていた。

だけど、ここまで来てうしろを向いて去ることは、あまりに無理なことだった。

「あのさ、河瀬川《かわせがわ》」

彼女が顔を上げて、僕の方を見た。

まるで険しさのない、子供みたいな表情だった。

「これから、僕は自分勝手なことを言う。今さら何を言うのって思ったら、正直にそう言ってくれ」

一気に言い切ると、河瀬川はコクンとうなずいた。

僕は大きく息を吸って、

「君の企画に、協力させて欲しい」

彼女の目が、大きく見開いた。

「ずっと迷ってた。今さら僕に何ができるんだって。違う道に進んで、知識も経験も途中で置いてきて、もはややる気もないのにって。だけど」

河瀬川英子《えいこ》が作ったゲームを思い出す。本当にひさしぶりに、人の作ったもので心が動いた。動かされた。

「君の作ったゲーム、おもしろいって思った。ここはこうした方がって気持ちも出た。エンディングを迎えて心が熱くなった。熱量が……戻ってきたんだ」

だから、ここに来る前に決めていた。もし河瀬川と話ができるなら、そして、この言葉を言う機会に恵まれるなら。

「いっしょに作ろう、河瀬川」

河瀬川の目に、一瞬、何かがにじんだように見えた。

「成功する可能性は限りなく低いと思うけど……いいの?」

僕はうなずいた。

「――ありがとう」

河瀬川は目を閉じた。そのまま少しの間、無言で何度もうなずいていた。

やがて、気持ちに整理がついたのか、彼女は目をキッと見開くと、

「貴方《あなた》にお願いしたいことは２つよ。１つは先にも言ったけど、モチベーターとしての参加。手詰まり感の強いわたしたちに、発奮する力を与えてほしい。そしてもう１つ。これこそが、今の貴方だからこそ頼みたいのだけど……」

何なのだろう。今の、業界を離れた僕にできることとは。

「俯瞰《ふかん》視点よ。一歩引いた立場から見て、企画がどこにいるのかをチェックしてほしい」

「なるほど、客観視か」

　言われて、納得のいく話だった。

　河瀬川《かわせがわ》は制作の人間だ。いくらプロデュースをしていた経験があるとはいえ、どうしてもディレクションでの視点に依《よ》りがちになる。しかし、企画の穴をしっかりと塞ぐのなら、別視点が必要だ。

　本来ならば、会社でそれを示す人がいるはずなのだろうけど、今の環境では望むべくもない。ゆえに、視点がまだフラットと言える僕にその役を振るのは、的確だった。

「ま、でも」

　急に、河瀬川は口調を変えると、

「実際のところ、貴方《あなた》だから来て欲しい、って気持ちの方が強いわ。何かものを考えるときに、息の合っている人がいるのといないのとじゃ、わたし自身のモチベーションが大きく違うから……」

　言われて、一瞬ドキッとした。

　彼女の個人的なモチベーション、それを高められるのが僕だということは、つまりは個人的な感情に基づくものであるわけで、

（そういう気持ちが、あるってことなのか……？）

さすがに本人に確認するような愚は犯さなかったけど、気にはなった言葉だった。

ともあれ、これで僕のやることは決まったわけだ。

「よし、やるよ。任せて」

河瀬川は、「ありがとう」と言って微笑《ほほえ》むと、

「橋場《はしば》が協力してくれてダメなら、それであきらめもつくわ」

そこまで信頼してくれるのかと、責任を感じて身体《からだ》が震えた。

でも、その信頼はそこに向けてはいけない。

「あきらめるためにやるんじゃない。河瀬川らしくないだろ、それ」

「そうね、貴方らしくもない」

彼女の目に、ギラギラしたものが蘇《よみがえ》った。

「やろう。未来のために」

僕らは紙コップの杯を掲げて、音もない乾杯をした。会社なのか世界なのか、それとも別のものに向けてなのか。特に宣言はしなかったけど、それでいいように思えた。

生まれて初めてタワーマンションというものに住んでみて、なぜみんな、こんな所に住みたがるのかがわかった気がする。

高い防音性、万全のセキュリティ、必要最小限の隣人との関係、24時間いつでもゴミを出せて、メシを食うにも徒歩0分でコンビニがあり、宅配サービスも充実している。生活にかけるコストが、とにかく低く済むのだ。人の温かみというものからは遠くかけ離れているが、仕事をメインで考えるなら、これほどいい場所もない。

引っ越しをすると決まったとき、どういう形態にするか悩んだけれど、結果として仕事場を別に借りたのは正解だった。仕事に集中できるし、他の何者も意識しなくていい。

「そんなこと言ってかっこつけてるけど、あなたって結構さみしがり屋じゃないの」

パートナーにはそう言われ続けてるけど、実際、執筆には1人の時間というのがとても大切だ。それだけは変わらない。

文章を書く、ということを仕事にしてから、心に決めたことがある。

仕事をする人間として、絶対的な信頼を得る、ということだった。

物語を書くというのは、ルーチンワークにはなり得ない。なるべくそれに近くなるような量産体制を取っている人もいるが、それでもやはり不確定な要素はある。ただ手を動かしていれば終わる、というものではないのが、小説を執筆するという仕事だ。

ゆえに、この仕事は〆切《しめきり》を巡ってのやり取りが、大概血なまぐさくなる。編集者はなるべく早く、確実でおもしろい原稿をと催促し、作家は書けない書けないと苦しみながら、ギリギリの線で血を吐いて提出する。

当然、上手《うま》くいかないケースもあり、そうなると発刊が遅れたり、諍《いさか》いが起きたり、最悪の場合は移籍だの訴訟だのという話になる。

俺はそうしたくなかった。すべての労力を、原稿を上げることへ向けた。

１ヶ月の期間を与えられたら、１週間はインプットとネタ帳を真っ黒にする時間に充て、１週間はプロットの補強と細部の詰め、残り２週間は脇目も振らずに執筆、という流れを作った。そして絶対に、自分の都合でその流れを変えないようにした。

結果、これまで〆切に遅れたことはない。もちろん、クオリティも落としていない。担当編集および編集部の評価も、おそらくは高いはずだ。

なぜ、そこまで信頼関係にこだわるのか。

それは、やがて来る大きな仕事について、支障なく受けられるようにするためだ。

執筆中の小説以外の仕事をすることに、出版社は制限を設けているわけではない。それが同じ小説である場合は、独占契約だの何だのといった例もあるが、そうでなければ、あとは作家次第ということになる。

しかし仮に、その作家が納期に間に合わせない、遅延の常習犯だとしたら、別の仕事を受けたいなんて言ったが最後、関係性に大きくヒビが入る可能性が高い。それは断ってくださいと、言下に否定されることもあるだろう。

だから、信頼できる仕事をしようと決めた。そうすれば、新しい仕事を並行して受けると決めた際にも、自信を持って「両立できます」と言い切れる。今の担当編集には、深い恩がある。裏切らないためにも、それは最低条件だったのだ。

そう決めて、環境を作ってきた。タワーマンションに引っ越したのも、その一環だ。週のうち5日。月曜から金曜までは、ここに詰めて執筆に集中する。このスタイルを取るようになってから、やっとペースを安定させることができるようになった。

「やっと、ここまで来た」

担当編集からも、ようやくお墨付きが出るようになった。

いつでも、その準備はできている。

あとは、向こうからの連絡が来るのを待つだけだ。

「6年、か」

短いようで、長い時間だ。ひょっとしたら、このまま何もないままに終わるかもしれない。そんな不安を抱かせるぐらいの長さだ。いつまで待たせるんだ、といらだちを覚えることも、過去にはあった。

「それでも、俺は待つぞ」

23階から見下ろす、作り物のような街。

このどこかに、俺の待っている未来があるはずなんだ。

それを信じて、今日も物語を作り続ける。誰かに読ませるための物語を。

◆

今日は水曜日。特に会議も商談もなく、社内で事務処理などを粛々とこなし、終業時間を迎えていた。

「じゃあ、今日は上がります。お疲れさま」

スマホのアラームで18時になったことを確認すると、僕はサッと手を挙げてみんなに帰る旨を伝えた。お疲れさまでした～と声が返ってきたのを受けつつ、そそくさと書類をリュックに詰めて、席を立ったところで、

「社長」

図ったように、峰山《みねやま》さんから声をかけられた。

「なななんですか、峰山さん」

「なんで急に丁寧語なんですか。あの、月報のチェックいただけてないんで、お帰りになる前にそちらだけ」

そう言えば、さっき回ってきたときに後回しにしてとスルーしていた。

「ごめんごめん、すぐに見ます。これラストまで見ればいいんだよね」

パラパラとめくりながら聞くと、峰山《みねやま》さんは「はい」と短く答え、デスクの横で待つポーズを取った。

すぐに終わりそうだから、ここで受け取るつもりらしい。そういうことならばと、僕も急ぎ目を通し始めた。

間違いのないように、指でなぞりながら数字を見ていくと、

「社長、最近いいことでもありましたか？」

突然、そんなことを言われた。

「え、どうして？」

「1週間前と比べて、表情が格段に明るいですし、給湯室で鼻歌が聞こえるようになりましたし、二日酔いでフラフラな朝もなくなりましたし、ＰＣの画面を見てニヤニヤされてることも増えました。あとは……」

「ちょちょちょ、あの、えーと、特にはないよ、特には」

そんなにチェックされてたとは知らなかった。でも、たしかにこうして並べられると、

何かいいことでもあったように見えると思う。

「まあ、こちらからすれば社長がお元気な方がいいに決まってるので、全然それでいいんですけど」

「そ、そういうことにしておいて。はい、じゃあこれお願い」

書類の束をバサッと渡して、僕は再び帰り支度をまとめると、

「それじゃ、失礼します～！」

妙に快活なトーンであいさつを残し、走り去った。

怪訝《けげん》そうな顔の峰山さんが、僕の後ろ姿を見ながらずっと首をひねっていた。

◇

河瀬川《かわせがわ》との企画打ち合わせは、新宿《しんじゅく》から2駅離れた東中野《ひがしなかの》のカフェで行われることになった。どうやら、彼女の行きつけらしく、

「このお店なら、会社の人や業界の人を見たことはないし、マスターからも了解を得ているから」

とのことだった。マスターは元々少し業界に絡んでいた人らしく、あまり愛想は良くなかったけど、会話に立ち入るようなことも一切なかった。

そして今日は記念すべき1回目の会合だった。前回は場所と状況の確認だけで、本格的な打ち合わせは次回以降、という話だったのだけど、

「遅くなってごめんなさ……」

店のドアを開け、指定された4人掛けのテーブルを見ると、

「こんばんは」

「あ、えーと、お邪魔していますっ」

河瀬川《かわせがわ》の他に、2人の女性が先に座って待っていた。

どういうことなのだろうと、会釈だけをしたところで、

「来たわね。じゃあ紹介するわ。サクシードの開発部のスタッフで、プランナーの桜井《さくらい》さんと、プログラマーの小島《こじま》さん。まだしっかりとモチベーションを保ってる2人に、参加してもらうことにしたわ」

河瀬川から、2人の紹介がなされた。

ちょこんと座っている、童顔で小柄な女性が桜井さん、横に長いメガネをかけて、髪を後ろで束ねている女性が小島さん。

「よろしくお願いします。河瀬川さんの古い知人で、橋場《はしば》と申します」

たかだか6年で古いもないかとは思ったけど、ブランクがあるのもたしかだったので、そのように自己紹介することにした。

「この方が……ＫＨさん、なんですね」

小島さんは、妙に鋭い目つきで僕の顔をジッと見つめた。

「え、あ、はい、そういうことになりますか」

なんとも返しようのない質問だったので、微妙な肯定になってしまった。

小島さんは、僕のその反応を見てニヤ～ッと笑うと、

「部長がいつも仰《おつしや》ってたんです。本当に頼りになる人だって」

「ちょ、ちょっと小島さん！　いやまあ、そう言ったけど……」

言われるとは思ってなかったのか、河瀬川が顔を真っ赤にしてあわて始めた。

（……そんな風に、紹介されていたのか）

過大評価じゃないかとも思ったけど、部の存続に関わる重大事項に外部の人間を参加させるには、それぐらい言っておいてちょうどいいのかもしれなかった。

「いつもエンドロールでお見かけしてたので、嬉《うれ》しいです！　今回はよろしくお願いします～！」

桜井さんも、なんだか高評価スタートという感じであいさつをされた。

「こ、こちらこそ」

これは、最初から良いところを見せられないと、早々に幻滅を食らう流れかもしれない。

覚悟してかかろうと、気合いを入れ直した。

「じゃあ、改めて現状の確認から始めるわね」

河瀬川《かわせがわ》がそう言って、開発部の置かれている状況について説明を始めた。

株式会社サクシードは、海外企業のクラスティックの支援により、4年前に経営陣が刷新された。その際、社名もサクシードソフトからサクシードに変更され、ソフトウェア事業だけではない、総合的なコンテンツ企業としてスタートを切った。

「その頃、わたしは入社して3年目でね。こう言ってはなんだけど、頭の固い上司もいたし、少し会社に対して窮屈さも感じてた」

「だから、買収でそれが改善されることも期待してた……」

僕が繋《つな》いで聞くと、河瀬川はうなずいた。

「そう、思っていたんだけどね」

元々、開発部の改革を目指していた茉平康《まつひらこう》が社長に就任したとあって、古くから茉平さんと関わってきた社員たちは歓迎ムードだった。

そして実際、そこからの4年間で、茉平さんは社内の勤務状況を大きく改善した。業務のフローを明確化し、無駄をなくし、そうして出た利益を給与、賞与として還元した。あまりにも理想的な展開で、社内ではまさに神格化されるまでになった。

ただひとつ、開発部への対応を除いては。

「まず最初に、部全体の人員が減らされたわ。不要と判断された人は他の部署への転属を迫られ、これまでゲームしか作ってこなかった人は、受け入れられないと言って転職していった。そうやって、規模を元の半分にまで削減されたの」

大幅な規模の縮小により、いわゆる大作を作ることは不可能になった。また、開発期間が遠大になる企画については稟議《りんぎ》が通らなくなり、短納期で開発コストが少なくて済み、遅延に繋がる要素のない企画だけが通るようになった。

「その結果、ＰＳとかＰＣ向けのゲームは全滅しちゃってね。残ったのは、携帯にスマホに陣天堂《じんてんどう》３ＴＳ、それもＲＰＧみたいなゴツいのは作らなくなったってわけです」

小島《こじま》さんは、お手上げといった感じで苦笑した。

「で、ここからは橋場《はしば》も知っての通りよ」

開発部からは、次第に人が減っていき、開発規模も縮小せざるを得なくなった。明らかに、会社は開発部をなくしたがっていた。

だから、最後のチャンスという名目で課せられた企画コンペも、モチベーションが上がるはずもなく、ギリギリ土俵際まで追い込まれ、今ココという状況だった。

「部長は、それでも魅力的な企画を作ろうとされてました。予算も期間も、これまで会社が求めてきた条件をクリアした上で、楽しい作品になりそうだったんですが……」

桜井《さくらい》さんがそう言って天を仰いだ。

「なのに、リジェクトされた、と」

僕の言葉に、3人はそろってうなずいた。そしてため息をついた。

「一応言っておくと、上層部、つまり企画の審査をしている堀井《ほりい》常務は、パワハラ的な対応をしてるわけじゃないわ。これこれこういう理由で受理できません、というのを、実に丁寧に理路整然と説明されるの」

「だけど、じゃあどんな企画だったら通るんですか、という問いには答えてくれないのよね。タコ焼きみたいなほのぼのおじさんなのに、その辺はクソシビアなのよ」

「一貫して言われてるのは、あえて作る必要を感じない、って点だけですね……」

3人は口々に、会社が極悪ではないという話をした。むしろそれだけに、対応が難しそうではあるのだけど。

人間、粗暴で雑なタイプというのは案外御しやすいところがある。褒めて逆らわず従うを徹底しておけば、愛《う》いやつじゃとかわいがってくれる場合が多いからだ。

かえって、おとなしく丁寧で素朴な人間が敵に回るほど、しんどいことはない。突破口が見つかりにくいからだ。その上、戦略的で緻密ともなると、失策を待って突き進むことも容易ではない。

そして残念なことに、茉平《まつひら》さんと堀井さんはそういうタイプなのだ。

河瀬川《かわせがわ》は、万策尽きたという感じで話をまとめた。

「わたしたちは、あくまでも内部の人間でしかない。だから考えられる企画の幅には限界があるし、いくらブレストをくり返してもこの先には進めなかったわ」

だから、現場を離れて久しいにもかかわらず、僕のような外部の人間を頼った、ということか。

（理解はできるものの、確証があるルートでもないよなあ）

連れてこられた領域外の人間が、いきなり最高の解決策を出して万歳三唱。物語ならよく見かけるケースだけど、残念ながらここは異世界でもゲーム内世界でもない。

ひとまず、できることから探していこう。

こういう行き詰まったケースでまずやるのは、すべての材料を集め、それぞれを検証していくことだ。

「最後に出した企画とそのリジェクトの理由について検証をして、その上で対応を練っていこう。地味ではあるけれど、研究・分析・実践をきちんとやっていけば、何かのヒントにはなるはずだから」

僕の言葉に、3人ともうなずいた。

「よし、じゃあやっていこう」

本業があるため、限定参加ではあったけれど、こうして、6年ぶりに僕はエンタメの現場へと戻ることとなった。

この八方塞がりの状態が少しでも改善するのかどうか、まったくわからないけど、それでも少しずつ、自分の中に火が灯《とも》りつつあるのを、僕は実感していた。

◇

いつものタイ料理屋ではなく、奥に個室の座敷があるタイプの料理店で、僕は九路田《くろだ》を前に大量の書類を広げていた。

「で、これがその企画ってことか」

「うん、言うまでもなく社外秘だから、取り扱いには注意して」

わかった、と応じながら、九路田は丁寧に企画書を読んでいった。

今回の企画協力に際し、僕が河瀬川《かわせがわ》に提案したのは、九路田に声をかけることだった。

だけど河瀬川は、その案に難色を示した。どうしてと返したところ、

「九路田は正社員よ。サクシードと彼の会社は友好関係にあるけど、それだけに社外秘の話に巻き込んだら、お互いのためにならないわ」

至極真っ当な理由を返されたのだった。

だけど僕は、今回の話において九路田の力は必須だと思っていた。河瀬川以上に、数字と内容をシビアに見ることができる人間。しかもこの6年で、九路田はただシビアなだけじゃなく、様々な関係性を見た上での判断が下せるようになった。

だから僕は、九路田を引き入れるのにギリギリの線をついた。

彼との会合は僕との1対1のみ。メールも使わず、こうしたオフでの会話だけ。議事録は作らず、僕が記憶した上で、会社に戻ってから「識者の意見」としてまとめる。

かなり窮屈な仕組みにはなったけれど、それでも彼の意見は大切な要素だった。

「読んだ」

九路田は企画書を置いて、フーッと息をついた。

「まず、感想から聞かせてもらえるかな」

僕の言葉に、彼は頭をかきむしって、

「ひでえ縛りプレイだな。河瀬川はマゾでもこじらしてるのか？　俺があいつの立場だったら、この企画に至る前に上司を殴るか会社を飛び出してるかの2択だな」

吐き捨てるように言うと、さらに言葉を続けて、

「企画そのものは実直だし、しっかり作られてると思う。うちで出したら問題なく通るだろうし、他のメーカーでも、まあスマホにしろだの課金要素やれだの言われるかもしれんが、特に悪い反応はないんじゃないか」

彼から見ても、どうしてこれが通らないのかわからない、という様子だった。

「じゃあ、この企画がリジェクトされてる理由って、やっぱり難癖をつけられてそもそも通らないようにされてる、ってことなのか？」

最初から、試合になっていないというパターンだ。

これが正解だった場合は、残念だけど正攻法ではどうしようもなくなってしまう。

できれば、正解の糸口が見つかればいいのだけど。

「言い切れないが、何かの強い意志なり感情なりがありそうだな」

「そうか……」

正攻法での可能性が、少しずつ消えていくのを感じる。

しかし、じゃあその根底にあるのは、いったい何なのだろう。

論理的に説明ができない事柄には、私的な思いが含まれていることが多い。上層部と河《か》瀬《せ》川《がわ》の間に個人的な因縁があるなんて聞いたことがないから、ここで挙げられる対象としては、

「ゲームそのものを嫌っているから、排除しようとしているのか……？」

ということになる。

これまで考えもしなかったが、可能性として考えられる点はあった。

茉《まつ》平《ひら》さんはゲームの制作方針の違いから、会社を追われることになった。その理解者だった堀《ほり》井《い》さんもまた、ゲーム制作の現場で、何度も辛酸をなめた。

そうした経験から、ゲームというそのものを嫌悪している可能性はある。熱烈なファンが、反転して熱烈なアンチになるという、あの図式だ。

しかし、九路田《くろだ》はその意見に対し、

「いや……」

早々に、首を横に振った。

「リジェクトの内容を見てると、俺にはそう思えないんだよ」

「内容？　どういう点で？」

九路田は実際に、該当する部分の書類を開く。

「シンプルに嫌悪している、除外しようとしているなら、まずそもそもチャンスを与えるようなことをしないだろう。企画を作らせている以上、そこに何かしらの期待があると考えるのが筋だ」

「でも、その構図そのものが、嫌がらせの可能性もあるんじゃないのか？」

僕の仮定に、九路田はすぐに否定する。

「聞く限り、現社長と上層部は、そういう子供じみた陰湿さはないように見える。もっと先々に、別のものを見据えているんじゃないか、ってな」

言われて、たしかにその通りだと思った。

仮に心変わりがあったとしても、あの２人が、社員を苛《いじ》めるようなことをするとは思えなかった。現に河瀬川たちからも、上層部の人格を責めるような言葉は一切なかった。

「だとしたら、いったい」

九路田《くろだ》の言う、別のものとは何なのか。

彼は書類の一部分を指さした。

『あえて作る理由を感じられません』

そこには、そのような文言が記されていた。

「可能性として言うが、ここじゃないかって思うんだよ」

「あえて作る、理由——」

口に出して言ったものの、それが何かという点でピンとくるものはなかった。

「そもそも、ゲームってのは何のためにあるのか。まあ、人と時代によってはアートだったり文化だったりって解釈もあるんだろうが、基本は娯楽だ。人を楽しませるため、余暇を埋めるために存在し、作られるものだ」

九路田なりの、ゲームというものの存在意義が語られる。どこか、加納《かのう》先生の言葉にも通ずるところがあった。そして僕自身も、納得する解釈だった。

「じゃ、それを作る側から考える。個人が作るものは、自身の表現だったり、承認欲求だったり、まあ色々あるだろうが、会社が社員を養うためって前提でいくならば、最も大切なものは1つしかないよな?」

九路田は僕の方へ顔を向ける。

「売れること、か」

「そうだ。会社は利益を求める集団である以上、売れなくちゃ話にならない。もっと突き詰めれば、いくら売れても赤字じゃ話にならない。つまり、低コストでそこそこ儲《もう》かりそうな、サイフを握ってる奴《やつ》に好都合な企画が受けるってわけだ」

そこまで話をして、九路田は河瀬川《かわせがわ》の企画書を手に取った。

「その点、この企画はあらゆる方面に気配りがきいている。開発コストの低さ、全年齢をカバーできるジャンル、男女問わず好かれる内容、広報のしやすさ、いずれにおいても企画の教科書に載せてもいいぐらいだ」

「なのに、この企画は突っ返された。どうして？」

九路田は言葉を止めて、息を飲み込んだ。

「優等生すぎるのかもしれん。当たり前のものを、当たり前に作ろうとしているから」

ビリッと、その場に電気が走ったような感覚があった。

一瞬、目の前に6年前の記憶が蘇《よみがえ》る。大阪《おおさか》時代のサクシード。相対していたのは、まさに堀井《ほりい》さんだった。僕の出した企画に対しての、真正面からNOを突きつけられたその理由こそが、九路田の言った仮説そのものだった。

もちろん、彼は堀井さんの言葉を知るよしもない。だからこれは偶然なのだけど、

「……そうか、そうなのかもな」

僕には効いた。まるで自分が言われたかのように、ズシンと響く重さがあった。

「エンタメってのは、水や火の粉のかからないところでピチャピチャ遊んでるだけじゃ、いずれは必ずジリ貧になってしまう。だからわかっているメーカーは、これまでの流れと違うものを、受けないかもしれないとわかってても作り、市場に出すんだ」

九路田《くろだ》が、企画書を静かに机に置いた。

「――このリジェクトは、それを意味しているのかもしれないな」

僕は何も言えなかった。九路田の言うことが正解か不正解か、判断できなかったこともある。でも何より僕自身に、突きつけられた言葉のように思えたからだった。

6年前。僕が九路田に負け、道を変える決断をした、あのとき。

忘れられるはずのない記憶が、またしても鮮明に蘇《よみがえ》った。

◇

2009年末。

サクシードでのプレゼンが終わり、九路田の意見を多分に取り入れた案が採用された。

皆が喜びに沸く中で、僕は全体ミーティングで思いを伝えた。

「辞めようと思うんだ」

このプロジェクトに参加しないこと、そしてプロデューサーを九路田に譲ることを。

もちろん、九路田には先んじて伝えてあったが、他のメンバーには寝耳に水だったようで、当然のように疑問の声が上がった。

「えっ……どういうことなの、恭也《きょうや》」

「パイセン、そそそれってあの、辞めるって企画を全部、ですか!?」

「い、いきなりすぎて、何て言ったらいいのか……」

僕は自分でも驚くぐらい冷静に、自分の力が及ばないこと、限界であることを告げた。企画構成力、統率力、先を見て判断する力、いずれにおいても、現時点での九路田が上回っており、僕が率いることの利点が見いだせなかった——その事実を、丁寧に話した。

「え、でも」

一通りの説明があってすぐ、声を上げたのはナナコだった。

「恭也がその、色々進めたり考えたりが得意なのって、みんなもわかってるわけじゃない。だったら、たとえば九路田とか英子《えいこ》のお手伝いとかはできないの？」

メインを張れないのならアシストに回る。たしかに、あり得る話だった。

「橋場《はしば》は、できないって判断したんだと思うわ」

僕よりも先に、河瀬川《かわせがわ》が答えた。

「九路田の進め方、そしてわたしのやる作業領域を考えたとき、自分が入ることでかえって邪魔になりかねない……そう考えたから、アシストに回る選択肢を外した。そうよね、橋場《はしば》？」

「ああ、その通りだ」

河瀬川《かわせがわ》の言葉通り、九路田《くろだ》と僕は同じプロデューサーという職にあっても、その進め方や重視するものが異なる。そういう者同士が同じプロジェクトに関わると、悪い意味での衝突が生じ、物事を進めにくくなってしまいかねない。

河瀬川の補佐に立つというのも難しい。彼女が本来受け持てる領域を、僕が入ることで分担するとなると、無駄が発生する。連絡の手間を省くためにも、なるべくは1人で受け持った方がいい場合がほとんどだからだ。

「そっか、そうなんだね」

ナナコが納得したようにうなずいた。

もちろん、手伝えることがあれば動くし、進めていく上で自分が入った方が上手《うま》くいくと判断できれば、その段階から参加するかもしれない。

だけど、現段階においては、一旦抜けるという形を取るのが、しっかりとしたプロジェクトとして進めるための、僕としてのけじめだった。

「残念だけど、そうまで決めたんだったら」

「恭也《きようや》が決めて、話したことだもんね」

みんなの中でも納得する空気が漂い始めた。

「それじゃ、この形で話を進め……」

話を終わろうとしたところで、貫之《つらゆき》が不意に、

「本当にそれでいいのか、恭也」

僕に問いただした。

「うん、これがこの企画においてベストの選択だって思ってる」

そう答えると、貫之は、

「……そうなのか」

一言だけ、そう返した。

彼の言いたいことはわかっていた。夢をあきらめかけた貫之を、再び引き戻したのは他でもない僕だ。その行為の側《そば》には、いつも「いつかいっしょに大きな作品を作る」というものがあった。今回の企画は、その絶好の機会なのに、どうしてここで身を引くのか。きっと疑問だらけだったはずだ。

でも、それがわかっていてもなお、この判断を曲げるわけにはいかなかった。プロデューサーとして必要な要素に、能力と引き際の見極めがあると、僕は信じていたからだ。だからこそ、義理や感情で決めてはいけないと思っていた。

（だけど、この流れはあまり良くはないな）

何かを辞めるという発表は、どうやってもプラスには働きにくい。場の空気が、どこか

ちょっと沈んだものになってしまっている。なんとかこの決定が、前向きなものであることを伝えなければいけない。

（もう少し、説明を補足するか――）

そう思った矢先に、

「恭也《きょうや》くんが、そう決めて言ってくれたんやもんね」

意外なところから、プラス方面にうながしてくれる言葉が出てきた。

「シノアキ……」

僕の中で、もっともこのことを伝えにくいと考えていた相手だった。

「これまで恭也くんは、何か作るときにそれがいちばん良くなることばかり考えてくれよったやん？」

彼女の問いかけに、みんながうなずく。

「だから、今回プロデューサーを辞めるってことも、それで作品が良くなるからって決めたことやと思うんよ。そうなんよね？」

今度は僕に対しての問いかけだった。

「うん、そうだよ。このまま成り行きで僕が続けるより、ずっとその方がいいって思ったから」

よどみなくそう答えると、シノアキはにっこりとうなずき、

「じゃあ、これまでといっしょやね」

その一言で、すべてがまとまった。

みんなそれぞれの顔にも、吹っ切れたような色が見て取れた。

(シノアキ、ありがとう)

最後の最後で、また彼女の思いやりに助けられてしまった。

悔いがあるとすれば、この恩を返せる目処《めど》が極めて立てにくいということだ。

「具体的なことは、九路田《くろだ》や河瀬川《かわせがわ》と話し合って決めた上でみんなに知らせるよ。進めていく上でわからないことがあったら、今後は九路田たちに聞いて欲しい。あとは——」

僕は粛々と、舞台から降りる準備を進めていった。

この企画を最後に、クリエイティブ全体から去るという思いを胸に。

(……限界、だったんだな)

あのときの僕には、根本的に足りないものがあった。

それは熱量とかやる気とかいった、気持ちの問題ではないものだった。

一言で言い表すのはとても難しいことだけど、あの頃の九路田にあって、僕になかったものとしてとらえるなら、適切な言葉があった。

信じられるもの、だった。

エンタメとは何なのか、ゲームとは何なのか、根源的なところで、それがどう必要なのかを、僕は説明できる言葉を持っていなかったのだ。

仮にあの頃、僕がそれを持っていたならば。視座をもっと違うところに置いて、自分の企画の小ささを、知ることができたのかもしれなかった。

そして今、僕はまたそのことに気づかされている。

6年前の自分になかったものを、6年後の僕は持つことができたのだろうか。

——俯瞰《ふかん》視点で見て欲しい。

河瀬川《かわせがわ》が望んだことが、今にして重く、僕の肩にのしかかるようだった。

短い言葉ではあったけれど、それはとても難しいことだったんだ。

◇

翌日、再びカフェ内において企画会議が行われた。

「あえて作る、理由……ね」

会議に先んじて、九路田《くろだ》の感想と推測を、僕なりにまとめたシートをみんなに配っていた。リジェクトの理由について考える、という点はみんなも納得したようだったけど、肝心の部分においては、全員で首をかしげるしかなかった。

「サクシードは教育事業に注力してるから、英語教材とか脳トレとか、そういうシナジーをもったものを作れってことなのかしらね」

小島《こじま》さんが言う。たしかに、一理あるように思えたが、

「初期の頃に出したわ。教育部署でもう動いてるから必要ないってバッサリだった」

河瀬川があっさり答え、再び全員で肩を落とした。

「そっち方面は考えない方がいいみたいですね……」

桜井《さくらい》さんが残念そうに言う。

まあ、これが仮に正解だったとしたら、それはそれでかなり限定されたゲーム開発になるだろうから、良かったねとはならないように思う。

「橋場《はしば》は、どう思う？」

河瀬川が、素直な興味を僕に向ける。

「うーん、そうだな……」

あまりゲームというジャンルにとらわれず、全般的な捉え方で考えることにする。

商品というのは、言うまでもなくそこに魅力があるから売れる。他に類を見ない吸引力がある掃除機なら高くても売れるし、吸引力が普通でも、値段が異常に安ければ売れる。

どちらも、「性能」「価格」で強い魅力があるから、商品になる。

これをゲームの世界で言うならば、たとえばオールタイムベストに残るぐらいの、文句なくおもしろいゲームならば、高額だろうがハードがマイナーだろうが、売れる可能性が

ある。でもそんなものは一握りだし、狙って作れるものでもない。

次に、そこそこおもしろいけど、値段がとんでもなく安いゲーム。これは市場的に見ればかなりあぶない手だが、売れる可能性は高い。１０００円なら買わないけど、２００円ならまあ買ってもいいか、となるし、仮につまらなくても評判は落ちにくい。

他にも例はある。ゲームのおもしろさはそこそこだけどグラフィックと音楽が突出してすばらしいとか、ミニゲームが遊びきれないほどあるとか、クリア後のお楽しみ要素が充実しているとか、魅力をどう作るのかがポイントになる。

（そうか、もしかしたら……）

河瀬川《かわせがわ》の作ったゲームが、とてもよくできていたのに売れなかった理由。それは、まさにこの魅力の部分で、突出したものになり得なかったのかもしれない。

もし会社が、その点を見ているのだとしたら。

「強い売りになる部分、かな」

それを作ることができれば、ひょっとしたら壁を突き崩せるかもしれない。

「売りになる、ね……なるほど」

河瀬川は、納得しながらもため息をついた。わかってるけどできない、という感じが見て取れる反応だった。

「たしかに、今うちの開発で出てる企画は地味ですけど、それは理由があるんですよね」

小島《こじま》さんの言葉に、僕が質問を重ねる。

「予算ってこと？」

はい、と小島さんはうなずいた。他の２人も同意見のようだった。

「会社で企画を作る以上、予算は必要な要素です。そして、売りになる要素をわかりやすく作るには、予算が必要ですから」

淡々と述べた小島さんを追いかけるように、桜井《さくらい》さんもうなずくと、

「３Ｄにしたりオープンワールドにしたりすれば、それだけでもう軽く億を超える予算になりますし、著名な方にキャラデザやシナリオをお願いするとなると、これもまたお金がかかります。だから、とびきりのアイデアで予算をかけずに魅力を出すというのが、理想的ではあるんですけど……」

「それができたら、もうこの話はとっくに解決しているのよね」

河瀬川の言葉に、全員で深くため息をついた。

いくら要点を整理しようが、やはり行き着くところはお金になるのだろうか。

（いや、でもまだ何かできることがあるはずだ）

ゲームの歴史上、もうやりつくされたと思われていたジャンルで、とんでもない大ヒットが生まれたケースも多々ある。しかもそれは、必ずしも大メーカーからではなく、インディーズや小さなメーカー由来の場合だってあるのだ。

「考えよう」

みんなを前に、僕は宣言した。

「なすすべがないって、あきらめるために集まったんじゃないんだし、とにかくまずは考えよう。それで出せるものを出してから、次を考えようよ」

元気づけるために力強く言うと、3人ともうなずいて、

「そうですね、アイデアを出すために集まったんだから、やりましょう」

「ちょっと悲観的になってましたね！　がんばります、わたし！」

小島《こじま》さんも桜井《さくらい》さんも、笑って同意してくれた。

そして、

「貴方《あなた》に声をかけてよかったわ。何か変わるかもって、期待が持てたもの」

河瀬川《かわせがわ》も、やっと自然に微笑《ほほえ》むことができるようになったようだ。

「結論はまだ早いって。ここから本当に変わっていったら、その言葉を受け取るよ」

内心では、状況が厳しいことについてもちろん把握していた。ただ考えたからといって、解決できると決まったわけじゃない。

（でも、それで結論づけるために僕は呼ばれたんじゃない）

とにかく考えよう。そして前に進めよう。

どうしようもなく追い込まれてからの逆転劇には、慣れてるんだから。

ソシアル・エンタテイメント・システムズ。長ったらしい名前だから、業界にいる人間はみんな、ソシエとかソッズとか呼んでいる。有名電機メーカーの系列会社で、大崎《おおさき》にあるクソでかいビルの本社を持つ、まあ大手と言っておかしくないゲームメーカーだ。

俺がそんな会社に入れたのは、要はハッタリのおかげだった。学生時代にこんな企画を通しました、こういうのをやりましたとプレゼンをし、プロデューサーの1人が気に入ってくれて採用になった。大芸大《だいげいだい》からはひさしぶりの企画職採用だと言われた。

そんな経緯もあってか、とにかく俺への期待は大きい。普通に仕事をしているだけじゃ、なんか物足りないと言われてる気がする。

◆

「九路田《くろだ》」

俺を採用したプロデューサーから、朝一番に声をかけられた。

「新しい企画、どうだ。進んでいるか？」

「はあ、まあ……やってます」

煮え切らない返事をする。実のところ、あまり進んではいない。

「頼むぞ、お前を採用した以上、でかいことをしてくれるって期待してるんだからな」

肩をポンポンと叩《たた》いて、プロデューサーは去っていった。めんどくせえな、とその肩を払って、ついてもいないホコリを落とした。

自分が早熟だったと気づいたのはいつだったんだろう。

中学、高校と俺は敵知らずだった。周囲が全員バカに見えるっていう、中二病の亜種だ。ゆえに友達なんてものはできず、ここならば誰かいるだろうと大芸大《だいげいだい》に進んだ。

しかしそこにも敵はいなかった。おもしろい才能を持った奴《やつ》は何人かいたが、みんな一芸タイプで、近い立場となると河瀬川《かわせがわ》ぐらいしかいなかった。

そこに橋場恭也《はしばきようや》が来た。とんでもねえ奴が来たと思った。

学生時代は、ずっとあいつと競い合っていた。橋場の行動を見るために、大学に通ってたって言ってもいい。やっと全力で潰せる奴が来た。企画を考えて対抗した。しかしあいつは、実に巧妙に俺の手をすり抜けて勝ち続けた。悔しかったが、不思議と憎しみは覚えなかった。

俺は決めた。こいつの近くにいようと。そうすることでおもしろいことに出会えそうだと確信したからだ。

事実、刺激的なことが山のように起こった。橋場の側《そば》にいたクリエイターが、次から次へと覚醒していった。俺も身の丈に不相応な企画をぶち上げ、金を集めた。あいつは俺をすごいと褒めたが、その実はずっと、つま先立ちを続けているに過ぎなかった。軽く押せば倒れる状況だったのは、俺が誰よりも理解していた。

そして、俺は企画を潰した。所詮、こんなものかと思っていたところで、橋場から声がかかった。企画をいっしょにやろうという誘いだった。これが決勝戦かと内心で意気込み、橋場の立てた企画の穴を突いた。それであいつに俺を認めさせ、共に同じ作品を作ってエンディングだと、思い描いていた。陳腐な筋立てだが、橋場が相手なら不足はないと思っていた。

しかし、橋場は突然、現場から去った。お鉢は俺のところに回ってきて、断るわけにもいかず、受けた。

そこで初めて、あいつのすごさを知った。あらゆる面への配慮、工夫、そしてコミュニケーション、俺が何となくやっていたことを、あいつがどれだけ高レベルでやってきたか、思い知らされることになった。

そして結局、企画は頓挫した。

俺は橋場になれなかった。

最高のライバルが消え、俺はどこを見ていいのか、わからなくなった。制作職を続けるのかどうかすらも見えなかった。向かうところ敵なしだと思っていたガキは、敵がいなくなって死ぬほどうろたえることになった。

散々迷った結果、俺は結局今の仕事を続けることにした。大人を口先で騙《だま》すことには自信があったから、シートを作って就職するまでのルートは描けた。しかし、入ってからの景色は、完全に真っ白だった。

俺は何かにすがらなければ生きていけなかった。だから橋場《はしば》を探した。すでに業界を離れて仕事をしていたあいつと、散々話をした。別の業界で、あいつは成功を収めようとしていた。それを祝福しつつも、俺は内心でやっぱり抱えるものがあった。

あいつは俺に、信念を持っていることがすごい、とよく言っていた。作品至上主義であることを指していたんだろうが、その実、俺には中身がなかった。結局、楽しくケンカできる相手を探していただけだったんだ。

だから俺は、情けなくあいつの亡霊を追った。あいつはこのままじゃ終わらない、絶対にまた戻ってくるはずだと。

河瀬川《かわせがわ》からの連絡があったと聞いて、俺は内心飛び上がるほど喜んだ。祈るような思いで続報を待った。頼むから動いてくれと、願う毎日だった。

「九路田《くろだ》さん、キャラのラフ上がりました。そっち送ります」

デスクの向こうから、作業報告が入った。先月入ったばかりのグラフィック担当からだった。

「お、ありがとう。じゃあすぐ共有見るわ」

画像を確認した。赤字を入れた部分が、しっかり改善されていた。

「いいな、これで進めよう。モデリングの子に回しておいて」

「ありがとうございますっ」

リテイクにＯＫが出て、担当の子も嬉《うれ》しそうだ。

「あ、そういや」

ついでという感じで、その子に続けて声をかけた。

「例の前の会社の件……何か聞いてるか？」

グラフィック担当の子は、前職がサクシード、つまりは河瀬川の下で働いていた経緯があった。

それだけに、河瀬川のこともあって、ことあるごとに話を聞いていたのだけど、

「それがあの、部長、てっきり辞めるって思ってたんですが」

「前にそう聞いたよな。変わったのか？」

担当の子は、そうなんです、と続けると、

「絶対に企画を通してみせる、ってモチベ上がったみたいで。僕らの周りでも、何があったんだろうって」

「……そうか、ありがとう」

話を終えて、俺は給湯室へ向かった。

誰も周りにいないことを確認したあとで、

「っしゃあ！」

密《ひそ》かにガッツポーズをした。

あの河瀬川《かわせがわ》が、会社を辞め、仕事を辞めるとまで決心していた。誰から何を言われようが、その決心は揺らぐはずがなかった。

だけど唯一の例外があった。あいつの帰還だ。俺たちの人生をグチャグチャにかき回し、楽しくしてきたあいつが、戻ってきたんだったら。

それだよ。それでこそ橋場恭也《はしばきようや》だよ。

「ヒヒッ、あいつ……やっぱこうなるんじゃねえかよ」

思わず、昔の笑い方が出た。何も見ない振りをして、友人として観察してた甲斐《かい》があったってもんだ。

俺はスマホを取り出し、『超企画』と書いてあるグループを開いた。子供じみたクソみたいな名前だけど、俺の中で、もっとも大切なグループだった。

その中から、１人の名前を選ぶ。俺が今、仕事上でもっとも信頼し、そして必ず、何かしてくれると期待している奴《やつ》だ。

奴が通話に出た。その瞬間、有無を言わさず話を始めた。

「あー、斎川《さいかわ》か。ちょっと今度話あるから、メシ付き合え。いいよ、なんでもおごるから、好きなもん言え。用件？　そのとき話すよ。楽しみにしとけ。うん、じゃあな」

◆

あれから1週間が過ぎた。

企画書を再度しっかりと見直し、当たり前として見逃している点はないか、新しい視点はないか、しっかりと検討をし直した。

その結果、企画は明らかに良くなった。明確にRPGとして成立するシステムを考え、3Dではなくドット絵を使うことの意味を、予算ではなくゲーム性の点できちんと定めた。対応ハードについても、コンシューマだけではなくPCのダウンロード市場に対応させる前提で、陣天堂《じんてんどう》3TSではなくPSへ変更した。

「みんなお疲れさま。かなり案として整備されたと思う」

河瀬川はそう言いつつも、しかし、まだ悩ましい点は残っていた。

「だけどまだ、売りになる点は見つかってない……か」

喜びもつかの間、全員そろって渋い顔になる。

この企画会議の目的は1つ。上層部に対し、通るような企画書を作ることだ。

九路田《くろだ》との相談もあり、魅力を作ることだという方針が決まって、アイデアを各自しっかりと出すことになった。結果、細かい部分での改善は重ねられた。

しかし、だ。肝心のその『魅力』については、まだ至っていないように思われた。

「アイデアの集合体として見れば、いい線いってると思うんですけどねー」

小島《こじま》さんの言葉に、みんなも納得する。

「でも、決定的じゃないって言われると、その通りだなって……」

しょんぼりと肩を落とす桜井《さくらい》さん。

「まあ、ここまで来たんだし、もう少し粘ってみましょう。見方を変えれば、違ったものが出てくるかもしれないしね」

河瀬川《かわせがわ》の言葉に、ひとまず休憩を入れることにした。

「わたし、タバコ吸ってきます」

小島さんが席を立って、店の外に出て行った。河瀬川はノーパソでメールチェックをし、僕と桜井さんは企画書を再び見直していた。

あらかた、企画については改善できたと言っていい。

この骨格を元に、シナリオを組み入れてビジュアルを固めれば、その素材次第では、かなりの良作に化ける可能性が出てきた。

それだけに、あともう少し至っていない部分が、なんとももどかしかった。

(何か、大きなインパクトがあれば……)

それが何なのか、僕にはまだ見つけられていなかった。

「あの……」

おそるおそるという感じで、桜井さんが手を挙げた。

「どうしたんです？」

答えると、彼女は小さな声で、

「えーと……ちょっと失礼な話かもしれないんですが、部長や橋場《はしば》さんって、大芸大《だいげいだい》のご出身、なんですよね？」

「ええ、そうだけど。それが？」

河瀬川が返すと、桜井さんはさらに申し訳なさそうに、

「あの、みなさんのご友人のクリエイターさんに、参加していただくってのはないんでしようか……？」

「…………っ！」

思わず、僕と河瀬川は顔を見合わせた。

「ああああごめんなさいごめんなさい、やっぱりないですよね、そんな安直に、ネームバリューに頼るなんてこと……」

余計なことを言ってしまったのかと、桜井さんは、手を顔の前でぶんぶんと振って、前言を撤回しようとした。

「い、いや、そうじゃないのよ、桜井さん……」

河瀬川《かわせがわ》はあわてて、桜井《さくらい》さんをフォローした。

「は、はい？」

桜井さんは、何のことかわからずキョトンとしていた。

それもそのはずで、今の言葉でピンときたのは、間違いなく僕と河瀬川で。まさにその、ネームバリューを活《い》かした作品こそ、6年前に凍結された企画だったからだ。

僕が考え、僕がつまずき、僕が作りたかった作品。

因縁なのか宿命なのか、いくら離れようとしても、僕の周りには、常にこのタイトルがついて回っていた。

「ま、まあそうだね、何かしら協力してくれると、売りになるかなあ」

なんとも煮え切らない、返事をするだけで終わった。

（僕が踏み込むのは、やりすぎだ）

そんなことをしようものなら、もう絶対に後に引けなくなってしまう。

結局この日は、企画書を決定稿にするまでには至らなかった。

◇

「15時から会議室で。そこで新事業についての諸々《もろもろ》を決めるから。まあもうハンコ押すだけの話だが、お前も思うところがあると思うし、疑問に感じることがあったらそこで全部言うようにしてくれ。後出しはなしな」

「ああ、わかった」

早川《はやかわ》からの内線電話を受けて、僕は座り慣れた椅子にもたれかかる。ツインズのオフィスでは、今日もみんなが通常通り働いている。社長だけが1人、モヤモヤと仕事以外のことを考えている。会社の業務以外のことで、こんなに悩んでいるのはいつ以来だろうか。いや、初めてのことかもしれない。

内容は、もちろん企画のことだった。桜井さんの言った、大学の同期のクリエイターたちの力を借りるというアイデア。妄想に過ぎないのなら、その場で笑って終わった話だった。しかし、残念ながらその話は現実味があり、困ったことに、現状を打開するアイデアになり得る話でもあったのだ。

だけど、僕はその話に乗れなかった。

大きな理由が2つあった。

まず1つ。同期のクリエイターたちは、6年前と比べてとんでもなく有名になり人気になっている。まだ駆け出しだったあの頃ならともかく、今はもう、集めて話をするだけでも苦労を伴うはずだ。

そんなメンバーを集めた上に、予算が限られているからギャラはあまり出せませんなんて、たとえ友人であっても、いや、友人だからこそ言ってはいけないことだった。

そして2つ目。僕に関することだ。

仮にみんなを集めるとしたら、相応の覚悟が必要になる。だけど僕は、あくまでも河瀬《かわせ》川《がわ》の企画に「協力」している立場だ。通常勤務の空いた時間で、アイデア出しや取りまとめの手伝いをしているに過ぎない。

創業した会社の代表を務める以上、今の領域から出てしまう形の協力は、もはや許されないと考えるべきだろう。ただでさえ、今は企画会議の時間を捻出するために、何もなければ即退社の日々を送っているのだから。

早川《はやかわ》にも峰山《みねやま》さんにも、そして他の社員たちにも、不安定なところを見せて不安にさせてしまっている。これ以上、揺らぐところを見せられない。

「遅すぎたんだよ、何もかもが」

舵《かじ》を大きく切った以上、その流れに戻るには、様々な犠牲が必要になる。僕がそれを負うには、あまりに多くのものを巻き込みすぎたんだ。

時間はもう戻らない。

あの奇跡をものにできなかった自分が、正解だったんだ。

6年前、僕がルートを大きく変更したときの、貫之《つらゆき》の顔が思い浮かぶ。何かを言いたげな、だけど言えない、そんなもどかしさが同居した表情。

すべてを包んだ上で、やさしく送り出してくれたシノアキの表情。

彼らの、そしてみんなの顔が次々に思い浮かぶ。僕は彼らの前から去り、そして今は違う所にいる。

クリエイターになったみんなは、もはや手の届かないところにいる。今さら呼んで叫んだところで、もう声は届かないだろう。

選択肢まで戻ることはもう、不可能なんだ。

「……時間だ」

席を立って、会議室へと向かう。

何を迷うことがあるんだろう。充実した仕事を持ち、信頼に足る仲間に恵まれ、将来もしっかりと見えている。

それなのに、どうして僕は……こんなにも。

◇

会議室に入ってすぐに、早川は新規事業の話を始めた。

「うちの制作部が動けていないって話、もう説明はいいよな?」

僕はうなずいた。以前の打ち合わせでも出た話だったが、確認事項ということで、早川は改めて説明をしてくれた。

代理店であるうちの会社が、実働部隊として持っている制作部。きちんとした実績のあるアートディレクターやデザイナーがいるにもかかわらず、やることと言えば指示出しと外部に出したデザインの修正が主で、部全体のモチベーションが低くなっているという問題だった。

現在の部長は、大手のデザイン事務所からの転職組で、とても向上心が高く、現状維持を良しとしないタイプだった。小規模な会社であるうちにとっては、まさに打ってつけの人材と言えた。

その部長から出てきた提案が、デザイナーの実績になる仕事の創出、だった。

「仕事をしたいって人間に仕事を与えられないんじゃ、会社として存在する意味がないからな。早急に決めて対応したいところだ」

早川《はやかわ》も僕も、すぐに承認してアイデアを求めた。

広告賞への応募、案件の積極的な関与、自社制作のアパレルブランドの作成、様々なものが提案される中で、すぐにでも実行できそうだったのが、書籍等の装丁という事業だった。

うちの会社でやるような広告だと、なかなか制作者の実績というものは語られにくい。かといって、広告賞を取るような仕事は大手が引っ張っていくし、小規模の代理店では育てにくい仕事だ。

「その点、装丁という仕事はデザイナー個人の実績に繋《つな》がるからな。単価はそう高くないが、シンプルで構築のしやすい仕事になりそうだ」

ウェブのように、様々な人間が介入する案件と違って、デザイナー個人の実績としてカウントされる。それに、名前と共に仕事が残るということで、責任感も養われるという話だった。

早川はすぐにでも承認を得たい感じだった。新たなデザイナーの雇用も考えているとのことで、僕に最終の確認を取りに来たのだけど、

「今から始める業種がこれでいいのかな……」

僕は乗り気ではなかった。

個人的な思いもさることながら、エンタメ業種への参入は、遅すぎるのではという思いがあった。装丁の世界は歴史があり、すでに有名な事務所や個人に、ほとんどの仕事を押さえられてしまっている。レッドオーシャンに乗り込んでいくにはリスクがあり、しかも多くのリターンを望めない様子だ。

「たしかに手垢《てあか》にまみれたジャンルだ。しかし電子書籍のことを考えれば、出版業界はまだ伸びしろがある。後発だから無駄、ということもないんじゃないか？」

「その諸々《もろもろ》を込みで考えても、僕は遅いと思うんだよ」

早川《はやかわ》の提案に、あくまでも反対の姿勢を貫く。

会社の設立当初から、BtoBメインでの仕事を主軸にすること、エンタメ業種には踏み込まないこと、そして何より、他社が入り込まない空間を狙い撃ちし、仕事の枠を新たに作ることをメインにしよう、と決めて動いてきた。その理由や意義については、早川にもずっと伝えてきたはずだった。

しかし、彼はあくまで抗弁した。明らかに手垢《てあか》のついたものに、踏み込んでいくことを主張し続けた。

「遅くなんてない。ここにはまだ余地がある。お前は先入観で語りすぎている」

「いや、遅い。今からこのジャンルで動くのは無意味だ」

語調が次第に強くなり、僕も言い切るような形で突っぱねた。

さすがに言い過ぎたかと、フォローをしようとした、瞬間だった。

「生きている以上、遅いなんてことはあり得ねえんだよ！」

「えっ……？」

驚いた。それまで、多少感情が乗ることはあっても、ビジネスとしての話し方を守ってきた早川が、急にくだけた、大学生みたいな口調になって、叫んだ。

「あ、いや……すまね、つい」

彼自身も意外だったのか、言ってからすぐ、恥ずかしそうに詫《わ》びた。

僕も言われて困惑したものの、次第に、さっきの言葉が蘇《よみがえ》ってきた。

(生きている以上、遅いなんてことはあり得ない……)

まるで、自分に向けて言われているような言葉だった。

早川は、頭をかきながら話を続けた。

「なあ、橋場《はしば》。正直なところ、俺もこのジャンルは、レッドオーシャンだと思っている。リスクにリターンが見合わない可能性が高い、ともな」

だけどな、と繋《つな》げると、

「提案した制作部の子は、それもわかった上で、可能性をきちんと示してきている。何より、本人を始めとして、チームのメンバーがやりたいって言ってるんだ」

「そんなにか……」

「ああ。俺たちがそのやる気を止める立場になってしまうこと……本意か？」

サクシードのことがすぐに思い出された。状況は違えど、自分が壁になってしまっているることに、少し恐怖を覚えた。

(立場が異なると……見えなくなるものなんだな)

気がつけば、変わってしまっていた。リスクを避け、可能性を狭める側の人間になってしまっていた。

社長は、内々のことは受け入れ、外からの壁にならなければならない。決して、内々の壁になってはいけない。尊敬している社長の言葉だ。

自分の言葉を恥じた。気づかせてくれた早川《はやかわ》に、内心で感謝しつつ、

「早川、ごめん。この件、進めてくれないか」

提案された新しい事業に、GOサインを出した。

彼は、いつものようにさわやかな笑顔で、

「社長、承認ありがとうございました」

ちょっとわざとらしく言って、頭を下げたのだった。

その後は、スムーズにことが進んだ。書類の承認欄にハンコを押し、予算の確認をし、提携先との打ち合わせなど、今後の予定も組んでいった。

あらかたの作業が終わり、僕らは会議室の席を立った。

僕は早川を呼び止めて、

「さっきの言葉、効いたよ」

彼が発した、心からの言葉に感動したことを伝えると、

「はは、そりゃお前も絶対に好きな言葉のはずだからな。俺もつい、そのつもりで言っちゃったんだよ」

「は……？」

どういうことだろう。僕が絶対に好きな言葉って、どうしてそんなことがわかるんだ？

「いや、初耳なんだけど、その言葉」

素直にそう返すと、

「え！　そんなわけがあるか、だって……」

早川は、驚いたように言うと、続けて、

「橋場《はしば》から勧めてもらった本に、書いてあったものだぞ」

「僕に？」

まったく覚えのない話だった。

そもそも、彼とは読む本の趣味も異なるし、ここ最近はそんな話もしなかったはずだけど、僕の記憶違いだろうか。

だけど結果として、それは記憶違いではなかった。

「もう何年も前になるかな。気分転換にって勧めてくれただろ。ストーリーがとてもよくできてて、おもしろいぞって」

きっと僕が、積極的に忘れようとしていたのだろう。

「ストーリーがよくできててって、まさか」

僕がその点を絶賛し、近しい友人に勧めるものって、つまり、

「哀《あい》ブラだよ。『哀虐《あいぎやく》のブラッディーソード』。川越恭一《かわごえきよういち》のな」

「あっ――」

返す言葉を失った。

まさかと思っていたタイトルが、彼の口から示されたことに。

「いいラノベだよ、本当に。人生にまで影響するんだもんな」

早川《はやかわ》は最後にそう告げて、会議室から出て行った。

僕はその場に立ち尽くしたまま、ずっと宙を見つめていた。

◇

用事がある、と言って、その日は早々に自宅へ戻った。

夕食もそこそこに、僕は押し入れを開けると、先日買ったまましまいこんでいた紙袋を開けた。CDやらBDやらが詰まっている中、真新しいカバーに包まれた、ライトノベルのシリーズを引っ張り出した。

哀虐《あいぎゃく》のブラッディーソード。川越恭一《かわごえきょういち》著。学央館《がくおうかん》LN文庫刊。

気になったのには理由があった。

早川が言った、哀《あい》ブラに登場したというセリフ。強い言葉であり、とても印象的なものだった。なのに、僕の記憶には、そのセリフがなかったのだ。

かつて、むさぼるように新刊を求めていた作品。エンタメから離れた今でもまだ、そのストーリーを覚えているし、もちろん、有名なセリフも覚えている。

しかし、その記憶をもってしても、早川の言ったセリフは該当していなかった。

その事象が示すのは、ただひとつ。

「哀ブラの中身が……変わったのか？」

そこに、僕の興味が注がれた。

目の前にある、最新刊までの哀ブラは、パッと見たところ、そのパッケージングが変わった様子はない。イラストを担当する絵師も、そして構図も、記憶している限りにおいてはそのままのように見える。

しかし、ここには僕の知らない哀ブラがある。僕の知らない川越恭一、鹿苑寺《ろくおんじ》貫之《つらゆき》があるはずなのだ。

「……恐《こわ》い」

ページをめくるのが、こんなに恐いものだなんて初めて知った。

中に何が待ち受けているのか、僕は心から恐れていた。

でも、読まないわけにはいかなかった。

唾を飲み込み、深呼吸した。そして僕は、６年間蓄積された物語を――始めた。

哀虐のブラッディーソードは、端的に言えば異世界転生ものの作品だ。主人公はちょっとスポーツができる高校生で、その彼が、中世西洋ファンタジー的な世界に飛び、誰も触ることすらできなかった血を吸う魔剣、ブラッディーソードを手にしたことから、そこでの人間模様に巻き込まれていく——そんな内容だ。

主人公は、強大な力を持つがゆえに、様々な人間に接触を受け、ときには悪用もされる。僕が元々読んだ哀《あい》ブラは、そうやって利用された主人公がやがて逆襲に転じ、これまで騙《だま》してきた人間たちに復讐《ふくしゅう》の炎を燃やす、という展開だった。

だが、

「違う、違う……ぞ」

今僕が読んでいる哀ブラは、明らかに違う物語だった。

主人公の名前や世界観、そして登場人物や起こるイベントについては、大きな変化は見られなかった。

だが、元の物語では復讐譚《たん》になるはずだった展開が、改変版だと、大国対レジスタンスの戦いに軸足を移しており、主人公は、その狭間《はざま》で揺れ動く葛藤を描かれる存在になっていた。

そして大きな存在として、元はシンプルなパートナーだった親友の剣士が、主人公の動向に大きく関わり、生きる道を示してくれた主人公に感謝しつつ、やがて道を違《たが》えようとしている主人公に、粘り強くいさめ、信頼し、いつでも戻ってこいと告げていた。

もう、ページをめくる手が止まらなかった。

次の展開が気になって、仕方がなかった。

レジスタンスとして、大国に抗《あらが》ってきた主人公。しかし、その内部における勢力争いや、自分の力を利用しようとする動きに疲れ、剣の道をあきらめて軍を去ってしまう。

だが、親友の剣士は、主人公を脱落者だと責めることもなく、いつかわかってくれると言い続けた。

そしてそのときは来た。

大国が本気でレジスタンスへ攻勢をかけた、戦いの場。

軍団は疲弊していた。主人公という軸を失い、場面場面では健闘していたものの、大勢ではジワジワと押されていた。

自然と、声が上がった。主人公に戻ってきてもらえないかと。

内部は紛糾した。何を今さらという話もあれば、もう戻ってはくれないだろうという、悲観した意見もあった。

しかし、最前線で戦う者たちは信じていた。

彼は戻る。必ず戻ってくると。

奥地で農作物を作っていた主人公の元に、手紙が届いた。誰からのものとは書いていなかった。ただ一言、言葉が書かれていた。

戻ってきて、と。

その筆跡と、使われている紙から、信頼していた仲間からのものだと察知した主人公。

が、すでに彼には生活があった。

思い悩んだ彼だったが、周囲の者たちは何も言わず送り出してくれた。彼の気持ちが、もうレジスタンスにあることに気づいていたからだ。

こうして、主人公は再び、レジスタンスへ戻る決意を示した。が、今さら戻っていいものなのかと、彼は何度も自分に問いかけた。

遅すぎるんじゃないか。

肝心なときにいなかった僕が——今さら、君たちと共に戦おうなんて。

拳を握りしめ、肩を落とす主人公。

そこに、親友の剣士が近づき、その両の肩をたたいた。

かつて、自身が落ちぶれて闇に染まろうとしていたとき、主人公にしてもらったのと、同じように。

——何を言ってるんだ、親友。

主人公は顔を上げる。そして彼は、笑って言う。

「死んだわけでもないのに、遅いなんて言うわけないだろ！」

最新刊は、そのセリフで終わっていた。物語は、僕の知っていたものと何もかもが違っていた。悲哀に満ちた、ハードなストーリーは、厳しさの中にも強い希望を持つ、あきらめない人間たちの物語へと、変貌していた。

本文はその後、あとがきへと続いていたけれど、僕はそこから先のページを読むことはできなかった。目から涙がとめどなくあふれてきて、視界が完全にぼやけてしまったからだった。

「貫之《つらゆき》、おまえ……っ」

声を上げたけれど、果たしてまともな声になっていたかは定かじゃない。それぐらい、僕は動揺と感動で、普通とは言いがたい状況になっていた。

信じられないことだった。まさかこんな仕掛けが、何年も前から用意されていたなんて。しかも、僕が気づかないままでいるかもしれないのに。

川越京一《かわごえきょういち》だった作家が、川越恭一《きょういち》になった。

ただ1字の違いだ。それだけと言ってしまえば、それで終わることだ。

だけど、その1字の違いは、6年をかけた時のうねりの果てで、僕にとんでもないものをもたらした。

この本は何なのだろう。

商業作品であり、ライトノベルであることには違いない。立派な作品であり、商品だ。

だけど、今僕の目の前にあるのは、間違いなく、

「ははっ……なんだ、あいつ」

本を持った手が、震えているのに気づく。

僕は気づいてしまった。

この物語の主人公が、誰であるかということに。

「気持ち悪い奴《やつ》だな……ラブレターかよ」

そしてわかった。

この物語が誰のために、何をさせようとしているのか。

「作れ、ってことか」

かつて、僕が仕掛けた動画と同じように。

川越恭一《かわごえきょういち》は、アニメ化されたほどの大作を使って、物語で僕を殴り返してきた。

意気に、感じないわけがなかった。

「……どう、しようか」

あまりに手のついていないことが多すぎる。物語の中でたとえるなら、これからレジスタンスへの一歩を踏み出すぐらいの段階だ。

何だろう。何から手をつければいい？

みんなへの連絡か？

だとしたら、誰からだ？

何をどう、書けばいいんだ？

僕の今の思いは……何なんだ？

頭の中でぐるぐると、急に様々なことが巡り始める。急に入ったスイッチに、脳がついていけていない感があった。

ベッド脇にラノベを積み上げ、僕はただ、窓の外をジッと見つめていた。

不意に、静寂が破られる。

何かことが起こるのを示すもの、それは電話の着信音であり、扉をノックする音だ。

今回は、着信音だった。非通知の宛先だった。

普段なら出ない電話に、なぜかこのときは、出た。

「もしもし」

電話の向こうで、やさしい声がした。

「――元気そうだな、橋場《はしば》」

加納美早紀《かのうみさき》先生の声だった。

週末の土曜日。僕は新幹線で大阪《おおさか》に向かっていた。

その昔、新幹線が生まれる前の汽車の時代は、東京《とうきょう》から大阪まで8時間近くもかかったという。電車になり、そして新幹線ができて半分の4時間になり、そこから50年かけて今や2時間半足らずで行き来ができるようになった。

「旅行、って感じでもないよな、ほんと」

高速で過ぎていく風景を見ながら、駅で買ったお茶を飲む。

リニアができて1時間になり、その先はわからないけれど、ひょっとしたらオンラインの進化により、まるでその場にいるかのような通信が可能になるのかもしれない。

今みたいに、こうして直接その場に行くという意味が、はたしていつまで保たれるのだろうか。

こうして、会って話そうと言われて出かけることが、その内になくなる可能性もある。

少しめんどくさかったけど、貴重な機会と思える日が来るのかもしれなかった。

「まあ、たいした用事には思えないけど……」

加納先生からかかってきた電話を思い出す。

実習の授業で作った作品のＤＶＤやテープ類を、研究室まで取りに来なさいという内容だった。『卒業式後にチームの代表が受け取りに来ること』という掲示が出ていたのを、僕が見落としていたのだ。

そして最近になって、研究室で大掃除があった際、チームきたやまの作品がいくつか出てきたので連絡したとのことだった。

郵送で充分な内容ではあったけれど、せっかくだから顔を見せないかと言われれば、強く断る理由もなかった。

問題があるとすれば、新大阪《しんおおさか》から大学のある南河内《みなみかわち》まで、果てしなく遠いというぐらいのものだった。この分だと、大学へ着く頃には夕方近くになりそうだった。

どんな話をすることになるんだろう。

（今どうしてるんだ、って話には……なるんだろうな）

正直に話す他はないけど、具体的に何かが言える状況にもなかった。

貫之《つらゆき》の、ナナコの、そしてシノアキの顔が思い浮かぶ。

みんな、アポイントを取るだけでも大変なことが予想された。その中でも、シノアキにどうやって連絡を取るのかについては、完全に手探りの状態だった。

イラストをアップするＳＮＳは動いていたものの、彼女の日常は表には出なかった。生活感のない、謎めいた神絵師。それが世の中における秋島《あきしま》シノのイメージだった。

他にもやることはある。企画を練り込むのはもちろん、僕の立ち位置についても、はっきりさせる必要があった。

どのタイミングで、会社のみんなに話すのか。何をするから時間が欲しいと言うのか。意義を問われたときにどう答えるのか。そして、自分が不在のときに会社をどうして欲しいと伝えるのか。

本当は、こうやって大阪に来ている時間はなかった。少しでも多くの時間を、企画に費やすことが必要なはずだったのに。

「だけど、来てしまったんだよな……」

思えば、ターニングポイントになる瞬間は、いつも先生に話を聞いてもらっていた。だから今回も、無意識のうちにそうしたのかもしれなかった。

心の中の葛藤など知らず、新幹線は猛スピードで大阪へ駆けていく。

静かな車内に、次は京都です、とアナウンスが流れた。

◆

橋場《はしば》が所用で大阪に行くことを伝えられ、帰ってくるまでの間、わたしは1人で活動することになった。

とはいっても、企画は橋場《はしば》がそのキーを握る形になったから、単独で動かせるものはなく、会議自体は少し先に延ばした。

そして、空いた時間を有効活用するために、わたしは動くことにした。

「ほんと何年ぶりだよ。びっくりしたぜ、いきなりお前から連絡が来るなんてな」

都内のファミレスでひさしぶりに会った九路田孝美《くろだたかよし》は、口調こそくだけていたものの、なんだか柔らかい雰囲気になっていた。

「そうね、こんなことでもなかったら、あなたに連絡を取ろうなんて思わなかった」

言うと、九路田は苦笑して、

「ちがいねえ。俺だってそうだよ、河瀬川《かわせがわ》」

まあお互い、大学の頃は何かと牽制《けんせい》し合っていたから。まさか社会人になって、同業他社の同じ職につくとは思わなかったけど。

「前置きなしで悪いけど、単刀直入に言うわ。わたしたちの企画に協力して欲しい」

九路田の目が、ギラッと光った。まるで大学生の頃みたいだと思った。

「内容による、としか言えねえぞ」

「そう言ってくると思ったわ。これ見て」

前日までにしっかりとリライトした、最新の企画書。

橋場と共に、問題点になりそうなところは完全に洗い出した。その上で、おもしろくするために引っかかりを多く作った。

（九路田なら、その狙いがわかるはず）

一通り読み終わって、九路田は息をついた。

「どう？」

アイスコーヒーを、ストローを使わずにゴクゴクと飲んで、わざと目をそらすと、

「こないだ、橋場からこの企画の前バージョンを見せられた」

「それで？」

「完成度は、前の方が高かったな。ジジイ共に見せて金をせびろうと思ったら、前の方がよほどいい物だった。だが――」

九路田は顔をしかめて、

「あれに参加しろって言われたら、即断っていた」

わたしは思わず笑った。あまりに予想通りだったからだ。

「じゃあ、今回のはどう？」

彼はわたしの方をチラッと見て、ヒヒッと笑った。

「やるに決まってんだろ！　直すとこが山のようにあるぜ、楽しみだ」

「そう来ると思ったわ」

これで大切なスタッフが1人決まった。

「だけどこれ、改めて見ると未決の部分が多すぎるな。なんだこの座組み、（希望）ばっかりじゃねえか」

言われた通りだった。

今書いてあるスタッフ一覧は、あくまでも橋場《はしば》が理想として書いたものであり、すべてが確定したわけじゃない。

これから1人ずつ交渉するから――。彼の言葉を信じて、できるところから進めていくのが、今できるすべてのことだった。

「だから、九路田《くろだ》にはまず、アニメのスタジオを押さえたり、予算面での交渉を主に手伝ってもらって……」

言いながら、そこでやっとわたしは気づいた。

九路田が、不自然にニヤニヤした顔で、こちらを見ていたことに。

「河瀬川《かわせがわ》」

「な、何よ」

「橋場の仕事、俺たちで楽にしてやろうって思わないか？」

え？　と返した次の瞬間だった。

「おーっ、こっちだこっち！　みんな来てくれ！」

振り返ったその先には、

「英子《えいこ》ひさしぶりー！　元気してた？　やーもう、仕事できそうな女になって！」

マスクとサングラスで完全武装したナナコが、

「先輩お疲れさまです！　タケナカ、テンション爆上げで来ましたよ～！」

キラキラした女子になった竹那珂《たけなか》が、

「おう、みんな変わんねえな！　まあ５、６年じゃこんなもんか、ガハハ！」

髪を赤く染めてソフトモヒカンにした火川《ひかわ》が、

「河瀬川先輩……！　おひさしぶりです！　は～もう、相変わらず色っぽいっていうかマジ美人ですよね～、スーツ姿がもうたまら……痛《い》って！」

顔をすり寄せてきた斎川《さいかわ》には、とりあえずデコピンで応戦しておいた。

それにしても、だ。

「みんな、どうして……ここに来るのだって、大変だったでしょう？」

ナナコ１人のスケジュール確保だけでもめまいがしそうなのに、これだけのメンバーが揃《そろ》ったのは、まさに奇跡とも言える状況だった。

なのに、言われた当人たちは、

「そうは言っても、ねえ。まあ来るでしょ、普通！」

「九路田先輩から、あんなアッツいコメントが届いちゃったし！」

「うるせえな、そうなるだろ、あいつが戻るってなったら」

「やっと戻ってくるんですよね、パイセンが、現場に！」

「おう、それ聞いたらのんきに動画撮ってる場合じゃねえってなってな！」

さも当然のように、その理由について語ったのだった。

「もう……なんか、ずるいわね」

ちょっと目頭が熱くなりかけた。やっぱりあいつはすごい。これだけのメンバーの気持ちを一斉に動かせるんだから。

「ああ、ずるいよな。その分、しっかり働いてもらわねえとな」

これで、企画書の（希望）の部分をかなり消すことができそうだった。

残るは橋場《はしば》と、そしてキーマンの2人、だ。

「それであの、橋場先輩は？」

斎川《さいかわ》の問いに、わたしは、

「出かけてるわ。忘れ物を取りに行くんだって」

橋場は今、何を考えているのだろう。

また現場に戻ることについて、姉さんと何を話すんだろう。

◆

「ではそろそろ、次のプロットに入ってください」

担当編集の藤原《ふじわら》さんから、短い電話が入った。

「わかりました」

必要最小限のコミュニケーションだけど、それが心地よかった。あれこれと遊びの話をするタイプの編集さんもいるらしいが、自分は仕事の話に集中したいタイプだった。

前巻、かなり踏み込んだところまで物語を進めていた。その反応を見た上で、次の展開を決めようという話になっていた。結果、好評だったこともあって、俺はさらに先へと物語を進めることにした。

「よし、やるか」

部屋のカーテンを閉め、電気をすべて消し、擬似的に暗闇を作る。インストの音楽をかけながら、登場人物たちがどう動いていくのか、その点に集中する。

哀虐《あいぎゃく》のブラッディーソード。この物語に出てくる登場人物たちは、表にはしていないものの、すべて学生時代の友人たちで固められていた。もちろん、展開に応じて多少の改変はあるが、この展開でこいつならこう言うだろう、の軸はブレていなかった。

物語の中心となる、レジスタンス軍。少数ではあるものの、才能と熱意にあふれた、好ましい奴《やつ》らがそこにいた。

常に物事を一歩引いたところから見ている女参謀、やかましいが多くの人を魅了する声を持つ歌姫、天然だが才能に満ちあふれた魔法使い、その師匠を超えようとがんばる助手、力持ちで豪快な愛すべき戦士、冷徹だが私欲なく勝利への道を考える将軍。

そして、それらの中心に居続ける天才剣士。これが主人公だ。

物語は、この主人公と親友の剣士の２人を軸に進んでいった。いくつかの大きな出来事をふまえ、レジスタンスを離れることになった主人公が、再び軍へと戻ろうとしている、その直前で物語は終わっていた。

いよいよだ。奴が戻ってくる。だけど、そのますんなりと戻すわけにはいかなかった。彼にも、そして周りの人間にも、過ぎた時間があるからだ。

「心だ。それをどう準備する」

道に迷ったとき、人は誰に相談をするのだろう。親しい友人か。それとも恋人か。あるいは――。

俺はキーボードを一心に叩《たた》いた。

『彼は、道を示してもらおうと、かつての師の元へと赴いた』

◆

新しい校舎が建ち並び、大芸大《だいげいだい》は別の学校にも見えるほど、変化を見せていた。

その中で、映像研究室だけは、以前とさして変わらない雰囲気を持ったままだった。行き慣れた研究室のドアをノックすると、聞き覚えのある声で「はい」と返事があった。

失礼します、とドアを開けて中に入ると、相変わらずの書類、テープ類の山の奥から、6年前とまったく変わらない姿で、加納《かのう》先生が現れた。

「お、来たな」

対応もまた、学内で呼び出して来ましたぐらいのトーンだった。

「おひさしぶりです、先生」

「そうでもないだろ、6年だぞ。まあ、小学生が中学生になるぐらいだから、そう考えればそこそこかな」

さすがに大人になってからは、そこまでの変化はないのだろうけど。

「とりあえず、座って。コーヒーでいいか？」

はい、と答える。ここでこうしてコーヒーをいただくのも、ひさしぶりだった。

研究室の中を見回すも、特に何も変わっていないように見えた。先生の見た目が一切変わっていないこともあって、僕だけが年を取ってここへ来たのかと錯覚するほどだった。

（時間……か）

あまりに前のことで、つい忘れそうになるけど、僕はかつて時間を飛んだ。こうして大学の卒業生としてこの場にいられるのも、あのタイムスリップがあったからだ。

その結果、いろんなことがあった。たくさんの人たちと出会った。

だけど行き着いた先で、僕はクリエイターとして生きることを辞めた。

もし、あのタイムスリップが誰かの思惑によるものだったとして、その誰かは、僕がこうなることを望んでいたのだろうか。

もしかして、僕は大きな間違いを犯したまま、ここにいるのかもしれない。

この時間の止まったかのような研究室で、実はこのあと、また時間を大きく戻されてしまうのではないだろうか。

妄想が繋《つな》がる中、打ち消すような声が、背後から聞こえた。

「熱いから気をつけてな」

先生が、カップを２つ手にして戻ってきた。１つを僕の手前に、そしてもう１つは自分で持ったまま、ソファへと腰を下ろした。

早速口をつけて、先生は顔をしかめる。

「苦いな」

こんなところまで、以前と同じだった。

「じゃあ、これ、渡しておくぞ」

そう言って先生は、学校のロゴが入った紙袋を僕に渡した。

中をのぞき見ると、ケース付きのＤＶＤや印刷した脚本、卒業制作用にまとめたシートなどが入っていた。

「はい、たしかに。ありがとうございました」

紙袋から、1枚だけDVDを取り出した。2回生のときにみんなで作った作品だった。そのパッケージを両手で持った。手のひらから、熱が伝わってくるようだった。

これで、大阪《おおさか》まで来た用事は済んだ。

「どうだ、調子は?」

まるで課題の進捗を聞くかのように、先生は尋ねた。

先生は、僕がクリエイターの道から外れたことを知っている。卒業間際に、僕自身がそう伝えたからだ。

その後のことは、何も伝えていなかった。空白の6年を埋めて、現在の自分について伝えようと思い、まず一言、

「会社、作ったんです」

「おお、起業したのか。大変だっただろう。それで?」

「上手《うま》くいってます。順調です」

伝えると、先生はやさしく笑って、

「頑張ったんだな」

そう、言ってくれた。

先生は、多くを語らなかった。学生の頃はもっとたくさん、語ってくれたはずなのに。

でもその理由が、僕には何となく理解できた。

ここは芸大《げいだい》だ。誰もがエンタメの世界で活躍したいという思いでやってくる。だけど、みんながみんな、その夢を叶《かな》えられるわけじゃない。

入学時、まさに加納《かのう》先生が言ったように、百数十人が入学してきて、希望通りの職に就けるのは数人、という世界だ。

残る学生たちは、入学時とは異なる思いで卒業することになる。職に就ければまだいいのかもしれない。多くは仕事を持たず、放浪する。それもめずらしくないのが、芸大というところだ。

きっと先生は、気を遣っている。夢破れた人間に対して、間違った言葉を使わないように。その世界にいない僕に対しては、やさしい言葉をかける他ないのだろう。

気遣いに感謝をしつつも、領域の外に置かれたというさみしさが、改めて自分のいる場所を認識させる。

今日、僕は何を話せばいいのか悩んでいた。先生から突っ込んで聞かれたら、そのまま答えるつもりだった。

だけど、先生はそんなに甘くはないことも、何となくは気づいていた。

きっと、僕が自ら語らない限り、突っ込んで聞かれることはないのだろうと。

このまま帰ることだってできる。僕の決心とは関係のない話だ。適当に世間話をし、またその内にと、長いお別れをする選択だってあるはずだ。

ここに来たのは、先生に荷物を取りに来るように言われたから。

だけど僕は、

「先生」

パッケージを握る手に、力がこもった。

薄いプラスチックがパリッと音を立てて、指先に軽い痛みが走った。

「戻ろうかどうか、悩んでいるんです。クリエイティブの世界に」

やはりそれだけでは、終われなかった。

室内に緊張が走ったように思えた。無言の空気の中、加湿器の立てるシューッという音だけが、妙に耳に残っていた。

窓際にとまっていたのか、カラスの羽ばたく音がした。特徴的な鳴き声が、2度3度と響く度に遠ざかっていく。やがてその声が、完全に聞こえなくなったところで、

「……そうか」

静かな声で、先生は応えた。

真顔だった。やさしい口調は、どこかへ消えてなくなっていた。

スイッチが切り替わったのだなと、僕は悟った。

不肖の教え子から、何度も助けてもらった先生へ。

あえて言わなかったけれど、おそらくこれが、最後になるのだろうと思う。

よりによってそれが、もっとも難しい話になるのだけど。

「僕は迷っています。戻りたいという意志はあるんですが、6年も経《た》って、それが許されるのか。みんなの前に、創作の現場に、立つ資格があるのか、どうしても自分では判断がつけられなかったんです」

河瀬川《かわせがわ》が、九路田《くろだ》が、そして貫之《つらゆき》が。

自分にとって都合のいい解釈だけを重ねるならば、彼らは待っていてくれたはずだ。

でも、最後の一歩が踏み出せない。このまま進んで良いのか、大きなルート変更をすることが、許されるのか。

「僕は……やり直していいのでしょうか」

◆

彼は、師匠の元へと向かった。

ひさしぶりに会う師匠は、彼をあたたかく迎えてくれた。これまでの厳しさからは、考えられないことだった。

彼はその理由を知っていた。今の自分は、剣士ではなく農夫だ。戦いの世界にいない人間に対し、師匠は優しさをもって接しているのだろうと。

それだけに、話をすることが躊躇《ためら》われた。辞めたあとでまた戻ろうとすることに、どういう言葉を投げかけられるのだろうと。冷たく突き放されても当然のことを、自分は告白しようとしているのだ。

しかし、聞かないわけにはいかなかった。自身もまた、迷っていたからだ。

師匠、教えてください。わたしはまた、レジスタンスに加わろうと思っています。

師匠の顔つきが変わった。厳しい言葉があるはずだと覚悟した。剣を構えることになるかもしれないと、密《ひそ》かにその心づもりもあった。

だが、その予想は大きく外れることになった。

師匠はさっきよりもずっとあたたかな表情で、彼を見つめた。

そして、静かに口を開いた。

◆

厳しい言葉を、投げかけられる覚悟をしていた。

だけど、先生の口からは、

「つらかっただろうな、橋場《はしば》」

ねぎらいの言葉が、与えられた。

罵られることも、あきれられることもなかった。あまりに意外だった。

「……てっきり、叱られるのだとばかり思っていました」

正直に答えると、

「叱る？　そんなわけがないだろう」

先生は笑った。

「お前はもう、社会に出た。自分の責任で、何でもやる立場になった。頑張ろうが怠けようが、すべてが自分次第になった。その立場で、会社を作り、人の人生を抱えるまでになった。立派だよ。無責任に毎年100人の無職を作り出す私なんかより、ずっとな」

さらりと、恐ろしいことを言う。その辺は相変わらずだ。

「そんな立派なお前が、また厄介な世界に戻ろうとしているんだ。否定も肯定もない。経験をふまえた上で橋場がそう決めたのなら、それがきっと正解なんだよ」

難しい言葉だった。

褒めてもらっているようにも、それぐらい自分でわかるだろうと責められているようにも、どちらとも取れる言葉だと思った。

「先生は僕を……どっちつかずだとは思いませんか？　別の道を進んでいながら、また結局、戻ってくることに」

一度は別の道を選んだ人間だ。判断をやり直すことが、そうそう良いことであるなんて僕は思えなかった。

先生は、カップを手にした。コーヒーをすすったあとで、再び僕の顔を見た。

「ああ、思うよ」

あっさりと、拍子抜けするぐらいに言い切った。

「自分の信じた道を突き進めず、この世界はふさわしくないと勝手に判断して、仲間たちを捨てて自分だけまっとうな社会人になって、だけどちょっとしたきっかけでいい気になって、また何か作ろうとしている。中途半端で、愚かだな」

「うっ……」

先生は、どこかにカメラでもつけていたのかと思うぐらい、僕の弱い部分を的確に突いて、痛めつけてきた。

油断していた。この人は最高に恐ろしい人だった。

「――でも、それが不正解だとは決して思わない」

しかし、先生は。

それだけでは終わらなかった。

「いいじゃないか、愚かで。中途半端で何が悪い。別に死ぬわけじゃあるまいし、やり直せるなら何度でもやり直せばいいんだよ。何の間違いもなく、ストレートに成功ルートを走りぬけたらそれがトゥルーエンドだなんて、誰が決めた？　そんなものは、自分で決めるんだ。自分で決められるから、おもしろいんだよ」

「でも僕は……またこのやり直しで、いろんな人に迷惑をかけると思います。何もしなければ、迷惑はかからないかもしれない」

ツインズでついてきてくれたみんなにも。そして、河瀬川《かわせがわ》たち同期のみんなにも。僕の決めたことで、おそらく多大な迷惑を被ることになるはずだ。

「ハハッ、だからどうだって言うんだ」

だけど先生は、一笑に付した。

「なあ橋場《はしば》、忘れたか？　お前は実家に戻った友達を連れ戻し、仲の良い絵描きをわざわざ別のチームに入れ、その子を育てるために他学科の後輩を引き合わせ、他にも散々、みんなを引きずり回した上に、あとは自由にやれと突き放したんだぞ。この期に及んで、何が迷惑だ。笑わせるな」

「……………………はい」

先生の攻撃は、あまりにも痛かった。何も言い返せなかった。

だけど、あまりにも優しかった。

「生きてるだけで、迷惑なんていくらでもかかるんだ」

果てに出てきた言葉は、シンプルで、わかりやすい許しだった。

「本当に我慢ができなければ、誰もお前の元になんか集まらなかったよ。過去は大切なものだが、だからといって振り回されるな。今いる、お前を信じろ」

泣き出したくなる思いを、必死にこらえた。

「……回り道、長かったです。ここまで時間がかかるんだなって、思い知りました」

ここに至るまでの時間が、そこまで必要だったのか。先生の言葉に従うなら、それは考えても始まらないことなのかもしれないけど。

だけどやっぱり、6年という時間は——長い。

「橋場《はしば》」

先生の表情が和らいでいた。

「じゃあ、最後に言っておこう。私の言葉なんてたいしたものじゃないが、何かの足しになるなら、そこの紙袋といっしょに持って帰りなさい」

先生は、コーヒーを最後まで飲み干し、カップを机に置いた。

そして、いつもそうしていたように、僕の前できれいに足を組むと、

「この世にはな、無駄なことなんかひとつだってないんだ」

言い様もない感動が、僕の中に染みわたった。

大学の4年間と、その後の6年間。

迷いに迷った時間と、選択と、そのあとの結果。

頭の中を、過ごしてきた10年間が駆け巡っている。時間を戻し、やり直して過ごした結果が、ここに至ったのだとするなら。

悪くはなかったのかも、しれない。

「以前、今の言葉に近いことを、別の人に言われたことがあるんです」

「ほう、そうなのか。どんな感じで言ってもらったんだ？」

あの日の、羽田《はねだ》空港を思い出す。大勢の人が見ている前で、あいつから、泣きながら言われたことを。

「持っていたポーチで、ぶん殴られながら言われました」

先生は一瞬驚いたのち、声を上げて笑った。

「それはいいな、私もそうすればよかった」

あの日の河瀬川《かわせがわ》に再び感謝しつつ、僕は改めて思ったのだった。

本人は嫌がっていたけど、やっぱり似てるよな、と。

◇

研究室から外に出る頃には、もう空は真っ暗で、学生たちの姿もほとんどなかった。

「帰り、バスがあるかな……」

最悪、遠くても歩いて帰るかという覚悟も決めていた。次にここへ来るのはいつになるかわからないし、懐かしい風景を見ながら歩くのも悪くないと思った。

目に入る情報が少ないと、人は自然と内面を見るような気がする。僕もまた、情報量の少ない夜道を歩きながら、自分について考えを巡らせていた。

僕はどうして、ものを作りたいんだろう。

こんなにしてまで、なぜ道を変えようとするんだろう。

「ほんと、どうしてなんだろうな」

きっかけは明らかだ。これまでにあった河瀬川とのやり取りの最中、不意に貫之《つらゆき》からもたらされた『手紙』。それに感激し、発奮したからだ。

でもそれだけでは、人生を変えるまでには至らないと思った。もっと根源的な、心の奥底にあるものが、自分を突き動かしている。その内容を確実なものにするため、僕はここまで来たのかもしれない。

先生は僕に、クリエイターに戻る理由を聞かなかった。優しさだったのか、それとも、それぐらいは自分で探せという叱咤《しった》だったのか、僕にはわからない。

わからないけど、ようやくぼんやりと、僕の中で答えが見えつつあった。

「信じられるもの――なんだろうな」

あこがれや、欲や、楽しさなどを超越した先にある、その強くて重いものを、僕はここにきてやっと、少し掴《つか》んだように思った。

九路田《くろだ》にあって、僕になかったもの。そして、茉平《まつひら》さんにもあったもの。

普段の生活では手に入れづらいもの。創作の世界でこそ、成し得ること。みんなの力で、本気でぶつかった結果、生み出されるもの。

「もう少しだ」

僕はきっと、そのために創作の道へ戻ってきたんだ。

「もう少しで……言葉にできそうだ」

部室棟のあたりを眺めながら、裏道をゆっくり進む。

春の夜道は、暑すぎず寒すぎずで、歩いて行くのにちょうど良かった。肌に触れる空気はどこかやさしくて、にじみ出すように記憶を呼び戻した。

あれは、新歓コンパのあとだったか。

部室で酔ったシノアキをおんぶして、この道を歩いてシェアハウスまで戻った。

どこもかしこも学生の声が響く中、ここだけは別世界のように静まりかえっていて。

そして僕と彼女は、いろんな話をした。

「自信、持てなかったな、あの頃」

はずみで来てしまった芸大《げいだい》で、みんなの力に圧倒されて。

このままここにいていいのかと、ずっと問いかけていた頃だった。

素直に打ち明けたシノアキに、僕は救ってもらった。

『なーんもできん人は、なにかできることを必死で探しとるんよ』

みんなそうなんだ、みんな必死であがいているんだ。

あのときにそう思えたことで、その後の４年間、頑張れたように思う。

だけど10年が経《た》って、僕はまだ、できることを探している。

つくづく、進歩がないなと笑ってしまう。

「どうやって、伝えようか」

また、作りたいものができたんだ。貫之《つらゆき》も、ナナコも、河瀬川《かわせがわ》も、九路田も、斎川《さいかわ》も火川《ひかわ》も竹那珂《たけなか》さんも、みんなといっしょに作りたいんだ。

そしてもちろん、シノアキに。

でも、本当に、どうやって。

連絡先を調べることは、そう難しいことではない。何かのルートをたどれば、本人に届くように連絡することは、可能なはずだ。

問題はそこじゃない。そこじゃないんだ。

「何を……伝えようか」

彼女のことを思い出すと、より強く、胸が痛む。

ずっと、僕のことを信じてくれていた。

最初から、最後まで。６年前、別の道を行くと告げた、あの日まで。

それに対して、僕は何ができたんだろう。

思えば思うほど、彼女のやさしさがつらかった。

でも、やるからには伝えなければならない。

僕がこの６年間、いや、大学に入ってからの10年間で、何を考えたのかを。

どうしてまた、創作に戻ろうとしているのか、その理由を。

「っ……」

風が吹いて、桜の花びらが舞い上がった。

裏を通る道だけに、夜になると暗く先が見えにくい。なので、一定間隔をおいて街灯がつけられていた。

散った花びらと、降り積もった花びらが、風によって重なり合う。視界を奪うように、桜色に染まった光景が、やがて収まり、闇に溶けていく。

ぼんやりと、その先に何かが見えた。

街灯のおかげで、それが照らされて影ができていた。楕円形《だえんけい》の光の中に、小さな像が浮かんだ。

その小ささに、たたずまいの柔らかさに、覚えがあった。

「恭也《きょうや》くん」

声が聞こえた。

でもそれは、記憶の奥底から聞こえたものでは、なかった。

「え？」

思わず、言葉が漏れ出た。

「なんで……」

この場所からみんなが巣立って、6年になる。

大阪《おおさか》の、ずっと南の果ての、こんな夜の闇の中。

どうしてここに、彼女がいるんだろう。まったくもって、わけがわからなかった。

「シノアキ、どうして」

懐かしい名前で呼びかけた相手は、やはりここでも時間が止まったかのように、やさしく柔らかく微笑《ほほえ》んでいた。

◆

彼は師匠に道を示され、その庵《いおり》をあとにした。

春、この異世界の土地にも桜が舞っていた。彼は、レジスタンスに入ることになったときっかけを思い出していた。

類《たぐ》い希《まれ》なる才能を持ちながらも、それを開花できないでいた魔法使いの少女。

彼は、少女のために魔力を秘めた鉱石を手に入れ、それにより少女は力を得ることができた。

そして今、彼はその少女の前に立っている。

少女は、彼を必要としていた。レジスタンスの一員としてももちろんだが、それ以上に、大切な人としても。

しかし彼は、少女と目を合わせることすらできなかった。

思えば、約束を違《たが》えてばかりだった。少女が自分のことを必要としていると知りながら、レジスタンスへ戻ることができなかった。

何を今さら、と思っているのではないか。彼がそう思いためらっていると、少女の方から、ゆっくりと彼の方へと近づいていった。

——いっしょに歩きませんか。

互いに、思い出の地を歩きながら、空白の時間を埋めていった。

◆

夢の中、記憶の中にいるみたいだ。

暗闇、かすかな光の中は、桜の花びらで埋まっている。

闇の奥にかすかに聞こえる、車と電車の音が、かえって幻想的なイメージを強くしているように思えた。

僕はシノアキと歩いている。

10年前、まさにこうやって、２人で歩いていた。

あの頃と同じように、揃《そろ》って他愛《たあい》ない話をしながら。

「恭也《きょうや》くん、今はどうしとるん？」

「うん、普通に——仕事してるよ。シノアキは？」

「わたしも、絵の仕事をしとるよ」

「順調そう……だよね。よく見てるよ」

シノアキは「ありがとう」と返しながらも、あまり元気がない様子に見えた。

(仕事、いそがしいのかな)

売れっ子であることはもちろんわかっているけど、実のところ、くわしい仕事の状況までは知らなかった。

かつては、どんなに小さな仕事でも把握していたのに。

同じように歩いていても、そこには別の時間が流れている。

僕はシノアキのことを知らない。

何をして、何を悩んで、何に嬉《うれ》しさを感じているのかを。

画集がなぜ1冊も出ていないのかを。仕事以外のことを外へ見せない理由を。

そして今、なぜ僕の隣を歩いているのかも。

「どうして、ここに？」

気になっていたことを尋ねた。

「英子《えいこ》ちゃんに聞いたんよ。恭也《きょうや》くんがここにおるって」

タネ明かしは簡単だった。

企画のこともあり、シノアキの連絡先を探していた河瀬川《かわせがわ》が、直接通話で彼女と話す機会を得た。

そこで当然のように僕の話が出た。シノアキは、僕と話がしたいと伝え、河瀬川は僕の居場所を伝えた。とのことだった。

それにしても、だ。

「電話番号とか、ＲＩＮＥとか聞けばよかったのに」

芸大《げいだい》に来ていることは明らかだったとしても、構内は広いし、どこで会えるかなんてあまりに偶然性が高い話だった。

現に僕は裏道から帰ろうとしていたし、互いにそこをこの時間に歩いて出会う可能性なんて、限りなく低かっただろう。

シノアキの答えは、

「直接会って、話したかったんよ」

意外なものではあった。

「そのために、わざわざ？」

うん、とうなずいた。

「……そっか」

何のことなのだろう。

このまま歩いて行く中で、彼女の口から語られるのだろうか。

先に、僕の話をしてもいいのだろうか。

言い様もない不安が広がってくる。6年間の空白と、僕の不在が、次第に恐《こわ》くなってくる。何も変わらないように見える彼女は、はたしてシノアキのままなのか。それとも、そう見えるだけなのか。

ぬるい空気が重さをもって、僕を頭の先から、地面へと押さえつけてくる。地中へと埋め込み、本当の闇の中へ葬ろうとしている。

僕が口にしたことで、すべてが終わってしまうのではないだろうか。

未来へ向けての言葉のはずなのに、滅びの言葉になってしまうのだろうか。

大きく、呼吸をした。

「シノアキ、あの、僕っ……」

呼び止めたことで、彼女の歩みが止まった。

その動きに合わせるようにして、風の音も止《や》んでいた。

静かに、少しずつ、綿雪のように降りてくる花びら。

「仕事、別のことをしていたんだけど、どうしても、また作りたくなって、それで」

スマートにお願いすることなんか、とてもじゃないけどできなかった。

考えていた理由なんて、いざとなったら、とても整然とは言えないことを知った。

湧き上がってくる不安を無理矢理《むりやり》吹き飛ばしながら、

「いっしょに、作りたいんだ。シノアキと。今さら、何言ってんだって思われるかもしれないけど、それでも……！」

止んだはずの風が、また吹き始めた。これまでは春らしいあたたかなものだったのが、一転して、冷たい空気を運んできた。

彼女は振り向いた。僕の方に向き合って、そして、さみしそうな顔をしていた。

「——約束、しとったのに」

音が聞こえたような、気がした。

破裂音なのか、それとも割れる音だったのか。

その言葉によって、打ち砕かれたものが発した音だった。
「シノ、アキ……」
かすれた声で名前を呼んだ。
直接会って、伝えたいこと。
ずっとつきまとっていた不安。そして、約束。
10年前に、僕らがかわしたもの。
『恭也《きようや》くんは、何が作りたいの？』
『何が……って？』
『作りたいもの。目標とかあるのかなって』
『うん、あるよ』
『それは教えてもらえんと？』
『……今は、まだ教えられないよ』
『そりゃ残念やね～。でもがんばってその仲間に入れてもらえるようにしたいな』
いっしょに作ろう。いっしょにいよう。いっしょにいて欲しいんよ。
僕の願いと、彼女の願い。その約束に対して、僕は何をした？
何も知らないくせして、何も気づかなかったくせして。
さみしそうな表情と、その言葉で、僕は。

（ごめん、シノアキ）
謝ろう。企画がどうとか、そんな話じゃない。
僕は約束を守れなかった。
大切な作品に、彼女を迎えることができなかった。
いっしょにいることすら、できなかった。
謝って、それで、今度こそ、終わりに。
「恭也《きょうや》くん」
不意に名前を呼ばれ、顔を上げた。
シノアキは、バッグを開けて、そこから何かを取り出した。
そして両手を後ろに回すと、
「手、出してくれん？」
ずっと見せてくれていた、やさしい笑顔だった。

◆

少女は、彼と歩き続けた。
特別な話は何もしなかった。

季節がどうとか、まだ寒いねとか。
これから先に待ち受けていることについては、互いに何も話さなかった。
彼は、自分から話をすることによって、壊れるのが恐《こわ》かった。
少女とかわした約束が、果たせなかったことについて。
いつ、それを切り出されるのだろう。そうなったとき、自分は何を言うのだろう。
やがて2人は、丘の上にある石碑の前へと到着した。
彼にとって、忘れられない場所だった。
知り合いなど誰もいない、孤独な異世界へと飛ばされて。
魔物と誤認され、死に物狂いで逃げ惑って。
このまま死んでしまうのかと、極限の恐怖の中で、
少女と、出会い、助けてもらった。
それから何度も、ここで少女と話をした。
みんなどこかに、恐怖を抱えて生きている。
だから、自分だけだなんて思わないで。
少女もまた、のけ者にされてきた過去があった。
特殊な力を持ちながらも、それを活《い》かしきれなかった。
彼は少しずつ、強くなっていった。

少女もまた、強くなった。
そんな頃、2人で約束をかわした。
その場所に、来たということは。
彼は覚悟をした。目を閉じて、自分の行ったことを悔いた。
ここで、永遠に別れを告げられるのだろうと。
だからあえて、この場所へ来たのだろう。
やはり遅かった、遅すぎたんだ。
覚悟を決めて目を開くと、少女が、こちらを向いて立っていた。
差し出した手には、手紙があった。
覚えがあった。受け取って、中身を見た。
理想の国を作ろう。そこで2人で暮らそう。
ハッとして、顔を上げた。

◆

「手……？」

「うん、両方。手のひらを上に向けて」

シノアキは、小さくうなずいた。

言われた通り、僕は両手を差し出した。やがて静かに、それは置かれた。

紙袋に包まれた、1冊の本だった。目で、開けてもいいか確認すると、彼女はゆっくりとうなずいた。

おそるおそる、中の本を取り出した。

「えっ、ああっ……！」

表紙を見た瞬間、思わず声が漏れた。

忘れるはずもない。かつていた世界で何度も、そして大学に入ってすぐに、彼女の部屋のモニターで見た、あの絵。

「サンフラワー……だ」

画集、だった。

僕を何度も救い、そして人生を変えてきたもの。

それがこの世界でも、現実となって現れたのだった。

発売予定にはなかったはずだ。ということは、まだできて間もないもの、ということになるのだろう。

「これを、僕に？」

渡すために、来てくれたというのだろうか。

シノアキは、なおもにっこりと微笑《ほほえ》んだまま、画集の表紙の部分を指さした。

「え、ここに……何？」

あわてて、その部分を確認する。

「黄色い、花びら？」

よく見ると、表紙のちょうど下の方に、黄色のひらひらしたものがついていた。

花びらかと思ったそれは、すぐに正体がわかった。

文字が書かれていた。付箋、だった。

「これって……っ！」

すぐにハッとした。

大学生活の大半を、共に過ごしてきたものだった。

忘れるわけがなかった。

すぐに、そこに書かれた文字を読んだ。


『みんなで最高の作品を作り上げる』


声にならなかった。

その1枚から導き出されるものが、次から次へと、あふれ出た。

SUNFLOWER

「あ……ああ、あ」

手が震えた。いや、身体《からだ》全体が震えていた。

シノアキが、こちらに向けて、ゆっくりと歩いてきた。

「6年前ね」

少しずつ、少しずつ。

「急に恭也《きょうや》くんが引っ越していって」

そう、誰にもそのときを言わず、僕は。

「部屋が空っぽになってて、いなくなってて」

シノアキは、ゆっくりと部屋を歩いて回った。

何もかもがなくなった、その部屋の中で、

「これだけが、あったんよ」

ぽつんと、落ちているものを見つけた。

「いつか渡そうって思ってた。だって――」

シノアキが、僕の目の前にいる。

「約束、しとったもんね。みんなで作ろうって。だから、こうやって書いて、忘れんようにしとってくれたんよね」

笑顔。

僕のいたらなさを、バカな考えを、すべて包み込んでしまう彼女の笑顔。

僕はただ呆然《ぼうぜん》として、それを見つめている。

繋《つな》がっている。すべてはこうやって、繋がっている。

河瀬川《かわせがわ》に、そして先生に言われた言葉が、形になっている。

「わたし、描きたいよ。恭也くん」

そしてシノアキは、続けて言った。

「いっしょに、作ろ」

決壊した。

情けなくも、かっこ悪くも、全然そんなことはもうどうでもいいぐらいに、感情が揺さぶられて。

「あああっ……あああああっ」

両の目から、子供が流すみたいな量の涙が、ボロボロとこぼれ落ちる。しっかりと立っていたはずだと思っていた足は、ひとりでに折れ、膝をついてしまっていた。

自分への戒めで、そして誓いとして作った、お札《ふだ》のような付箋。

結果、それが果たせないことが明らかになって、無造作にゴミ袋へと入れた。あとも振り返らず、目をそらしたままで出てきてしまった。

それが、こんな形で自分の元へと戻ってきた。

運命だとか何だとか、そんな言葉で片付けたくはない。

子供のように泣きながら、僕は考えていた。なぜ僕は創作にこだわったのか。また戻ろうという決心をしたのか。

それは力だ。

幼少期から少年期、そして今に至るまで、どんなに堅牢《けんろう》な社会性や知識を身につけようとも、一瞬でその不格好な仮面を剥《は》ぎ取《と》ってしまう、圧倒的な力。どれほど分厚く、堅い扉を心に構えようとも、いとも簡単に破壊してしまう、絶対的な力。

僕はその奇跡の数々を、これまで見続けてきた。

河瀬川《かわせがわ》の作ったゲームが、僕をまたこの世界へと引っ張ってくれたように。

貫之《つらゆき》の書いた物語が、僕の心に火をつけてくれたように。

色鮮やかなひまわりの絵が、灰色の世界から僕を連れ出してくれたように。

絶対にあらがえない、神のような存在に、何度も、何度も何度も何度も、僕は感動させられ、救われてきたんだ。

もう、離れられない。この力に、僕は向き合うんだ。

身体《からだ》の内側から、せり上がるような熱を感じていた。また、始まったんだなと悟った。

「あ……」

涙がようやく収まってきたところで、僕はやっと気づく。

頭の上に、とてもやわらかな感触が、ずっとふれていたことに。

「どうしたん、恭也《きょうや》くん……」

シノアキのやさしい手が、ずっと僕の頭をなでていてくれた。

次第に夜が深まり、冷え込んできた空気の中、

「ありがとう、シノアキ」

僕は、身に余るぐらいのやさしさと、あたたかさを得た。

そっと立ち上がり、彼女を見つめる。

「約束する」

どれだけその言葉が重いかを、僕は理解している。

その上で、ここで言わなければって思った。

「もう、辞めるなんて言わない。みんなで作る。最高の作品を。シノアキの、大好きなシノアキの絵を、そしてみんなの作ったものを、まとめ上げるよ」

シノアキは、ちょっとだけ驚いたように目を丸くして、

「うん」

すぐにまた、やさしい笑顔になった。

「恭也くんが言うんやもん、ぜったい良い作品になるよ」

鼻の奥がツンとした。

我慢しようとしたけれど、やっぱり無理だった。

「ふふ、今日は泣いてばっかりやね」

「ごめん……ありがとう、シノアキ」

10年前の約束は、10年後の今日、動き出した。

止まることはもう、ない。

◆

朝方、プロットを書き終わり、編集部へメールを送った。

「……さあ、どうだ」

思えば、ずっとあいつに頼り続けた学生生活だった。

作家になり、川越恭一《かわごえきょういち》になり、そして1人になって、自分で考える意義を見つけた。

だから今こそ、みんなで作ることの意味を、もっと深く得ることができるはずだ。

この先どうなるか、わからないが。

もし何かをみんなで作るとしたら、この6年に意味はあったと確信できる。

準備は整った。あとは、1人だけだ。

「ん？」

早朝の朝の光が、部屋の中を照らし始めた。
スマホの画面に反射して、白く、表示が見えなくなったその瞬間。
着信音が、鳴り響いた。
午前6時。早すぎるぞ。普段なら、担当編集以外は無視する時間だ。
でも、画面を見た。胸騒ぎがした。
「…………………」
言葉を失った。
あいつの電話番号は、消すことなくずっと登録し続けていた。
ガラケーからスマホに換えて、何台も交換してきたが、その名前は在り続けた。
もしかしたら、やって来るかもしれないその瞬間のために。
緊張していたと思う。なんせ6年ぶりだ。
でもすぐに、緊張は解けた。
「――遅《おせ》えんだよ、恭也《きょうや》！」
笑ってるのか、泣いてるのか。もうどっちでもよかった。
やっと来たな、橋場《はしば》恭也。
俺たちの主人公の、帰還だ。

第5章
未だ、何も

月曜日の早朝から、社員に呼び出される社長というのは、大変めずらしい存在だ。希少種だけに、箱に詰めて大切にした方がいい気がする。

だけど、そんなめずらしい社長は、会議室に押し込められて、お茶も出ないままに待たされていた。

「……何の用事だろう」

呼び出したのは、専務の早川《はやかわ》と、総務の峰山《みねやま》さんだった。

何の用事だろう、と言ってはいるものの、実は薄々、気づいていることはあった。

ここ最近、外回りが多く、会社にいないことが続いていた。もちろん、最低限きちんと業務はこなしていたが、睡眠時間を削ったせいで顔色は悪く、度々、峰山さんをはじめスタッフから心配されていた。

おそらくはそのことだろう。

原因は何ですか、お困りのことならみんなで解決しましょう。

（ほんと、ありがたい限りなんだけどな）

もしそう言われたとして、厚意に対して仇《あだ》で返してしまうかもしれないのが、僕の悩みだった。

だって、その時間を割いている原因は。

「お待たせ。朝から悪いな」

「失礼します」

ドアがノックされ、早川《はやかわ》と峰山《みねやま》さんが入室した。

「いや、それはいいんだけど、用事ってのは？」

ひとまず、何も気づいていないフリをしつつ、尋ねた。

「うん、まあ、用事っていうよりかは、今日は提案だ」

「提案……？」

早川はうなずくと、峰山さんに目で合図を送った。

峰山さんは、やや緊張した面持ちで、口を開いた。

「社長の、自主的な辞任を提案いたします」

「じっ、辞任!?」

さすがに、その言葉には驚いた。

「え、えっとその、たしかに最近、勤務態度でまずい点はあったかもしれないけど、でもその、業務は普通に行っているし、業績も悪くなってないし、あ、その、ハラスメント的なこともないと思うんだけど、あの」

威厳もクソもないあわて方をする僕に、早川は笑いながら、

「はは、大丈夫だよ。お前は社長として適任に違いない。悪いところなんかないよ」

「え？」

見ると、峰山さんは辞任云々《うんぬん》と言いながらも、僕の方を心底心配している様子で見つめている。辞めて欲しい相手には、こんな顔をしないはずだ。

「むしろ、だ」

早川は、今度は真剣な表情で僕を見た。

「あれだけの大仕事を別で抱えながら、社長業もこなしているお前が、いつかぶっ壊れるかもっていう心配なんだよ。だから、呼んだんだ」

「あっ……」

バレて、しまっていた。

「そんな、うちのスタッフとは、基本的に関わりはな……」

なくは、なかった。

河瀬川《かわせがわ》が会社に訪ねてきたとき、峰山さんは名刺交換をしていた。ひょっとしたら、その線で連絡を取ったということなのか？

「すみません、社長。わたしが……河瀬川さんに」

案の定、そのラインだったようだ。

「お前が明らかに変な生活をしてるのが、傍目《はため》から見てもわかったからな。それで、峰山《みねやま》さんを通じて、河瀬川《かわせがわ》さんに連絡を取ったってわけだ」

まさか、裏でそんなことがあったなんて。それに、見てわかるぐらいに僕の行動がおかしかったとなると、そもそも二重生活は上手《うま》くいっていなかったということになる。

こんなところでも、僕はみんなに心配をかけていたなんて。

「こっちが恐縮するぐらいに謝罪されていたよ、河瀬川さん。すぐに本人にも言って、体制を変えますって言われたけど、それは俺から断って、橋場《はしば》にも言わないでくださいって逆に頼んだんだ」

「どうして？」

尋ねると、早川《はやかわ》は笑って、

「それぐらい熱心にやってたことなら、止めても無駄だろうなって思ってな。だから、お前がそっちのことに集中できるように、ツインズの方を調整することにしたんだ」

「あ……っ」

何もかもお見通しだった、ってことか。

「本当に……申し訳ない」

素直に謝罪した。僕の側で、言い訳するようなことなど一切なかった。

「まあ別に、水商売の店に会社の金を突っ込んでたとか、違法カジノに通ってるとか、そんなヤバい話でもなかったからな。俺としても、お前がやりたいことはしっかりとさせてやりたい。会社設立のときから、それは決めていたことだ」

早川に言われ、僕も会社を作った頃のことを思い出していた。

会社を作ろうと決めたのは彼だったけれど、業務の内容を決めたり、方針を固めたりするのは僕の役目だった。お金のことや人事に関しては意見を言うが、その他については、基本任せてもらっていた。正直、やりやすい体制だった。

そして、今になってまた、深く感謝するばかりだった。

「くわしいことは顧問弁護士にも確認を取るけど、俺たちで大枠は決めておくぞ」

早川は、すでに書類を用意していた。

代表取締役の交代について、諸々《もろもろ》の手続きを示したものだった。

「俺が社長になって、お前は平の取締役になる。そして新規事業の長として、存分に働いてもらう。というのでどうだ？」

「そんな、僕にとって都合のいいこと……いいのか、本当に」

「この期に及んで、そんなこと気にするな。会社も軌道に乗ったところで、動きやすくなったタイミングでもあるしな」

もし、会社がとんでもない危機にある時期だったら。

おそらくは、僕もここまでの行動には、出ていなかったように思う。

様々な偶然が重なった上での、今日だったということだろう。

「峰山《みねやま》さんから、何か言いたいことは？」

話の最後に、早川《はやかわ》は峰山さんに話を振った。

会社を作る際、事務や経理を任せる人を雇いたいという要望から、求人サイトを通じて来てもらったのが彼女だった。

誠実で、まじめで、とても優秀で、会社の体を成していなかった僕らが、まがりなりに会社の形を保ってこられたのは、間違いなく彼女の功績だった。

なのにこうして、僕はまたしても彼女に迷惑をかけてしまった。

「もちろん……たくさんありますけど」

これ以上ないぐらいのジト目で、僕をにらみつけた。

「うっ……本当に、ごめんなさい」

今回の経緯を考えると、もうただ謝ることしかできなかった。

だけど峰山さんは、すぐに表情を穏やかにすると、

「でも、それ以上に、社長がこれまで頑張ってこられたこと、わたしを含め、みんな知ってますから。だから――」

グッと、握りこぶしを机の上で作ると、

「わたしはその、ゲームのこととかあまり知らないんですけど、応援してます。がんばっ

てください！」

あまりにもったいないぐらいのエールを、僕に送ってくれた。

「……うん、ありがとう」

また、不覚にも泣きそうになってしまった。30を前にしたおじさんが、この何ヶ月かで何度泣いたことだろう。

それが嬉《うれ》し泣《な》きばかりなことに、この上ない幸せを感じていた。

◇

「それじゃ、会社の方はもう心配ないってことね」

オフィスの廊下を颯爽《さっそう》と歩きながら、河瀬川《かわせがわ》はホッとした表情を浮かべた。

「うん、少しばかり手続きがいるけど、それが終われば解決かな」

「峰山さんには、本当に申し訳ないことをしたわ。この件が落ち着いたら、改めてお詫《わ》びに伺うわね」

「わかった。伝えておく」

河瀬川は相当気にしているようで、僕が経緯を報告したときも、真っ先に彼女の件で話をしてきた。

（というかこの2人、ちょっと似てるのかもしれないな、タイプが）

そして、僕らは新しい舞台へと向かっている。

「ほんっと、こんなおもしろそうなことを計画してたなんて、パイセンたちもずるいですよ〜！」

このオフィス、トランスアクティブ社の主《あるじ》である竹那珂《たけなか》さんが、ちょっと不満そうに吠《ほ》えている。

「ごめんね、さすがに全容が見えるまではみんなに話せなくて」

「もっちろん、わかってますって〜。無事にパイセンとも契約ができましたし、これで大手を振って企画を進められますね！」

「ほんと、その節はありがとう。助かったよ」

僕が本格的に企画へ参加するにあたり、便宜を図ってくれたのが彼女だった。

交流のあるサクシードとの共同企画という形をとり、そこに派遣する形で、プロジェクト単体の契約プロデューサーとして僕を送り込む。

これで、晴れてサクシードの企画で、僕がメインを務められることになったわけだ。

「さ、もうみんな来てるわ。急ぎましょう」

河瀬川《かわせがわ》が、時計を見ながらそう宣言する。

僕らが歩く廊下の、突き当たり。大会議室が、僕らの舞台だ。

カードキーをタッチし、静かにドアが左右に開く。

その向こうには、懐かしくて頼もしい面々が、一堂に会していた。

全員の目が、僕たちへと注がれる。

「ヒヒッ、やっと来たな、さあ、始めようぜ！」

アニメーションおよび3DCG担当プロデューサー、九路田孝美《くろだたかよし》。

「アキさんと、このメンバーでお仕事できるなんて、夢みたいです〜」

キャラクターデザイン担当、斎川美乃梨《さいかわみのり》。

「おう、ひさしぶりだな、橋場《はしば》！　引くぐらい告知してやるぞ！」

動画・配信広報宣伝担当およびモーションアクター（予定）、火川元気郎《ひかわげんきろう》。

「ほんと楽しみよね〜！　6年前のリベンジマッチしなきゃ！」

主題歌、エンディング、BGM、音に関わるものすべて、小暮奈々子《こぐれななこ》。

「仕事の調整、してきたぞ、恭也《きょうや》。やばいぐらい、おもしろい話にしような！」

設定、シナリオ、鹿苑寺貫之《ろくおんじつらゆき》。

（本当に……本当のドリームチームだ）

まっさらの状態で、これだけのメンバーを揃《そろ》えようと思ったら、いったいどれだけのコストと労力がかかるか、考えただけでも頭がクラクラする。

でもこれは、夢じゃない。現実に存在する、ドリームチームだ。

「は～っ、タケナカちょっと泣きそうです、またこのスタッフが組めるなんて……」

プロデューサー兼美術設計、竹那珂里桜《たけなかりお》。

「みんな、集まってくれて本当にありがとう……最高の企画にしましょう！」

ディレクター、河瀬川英子《かわせがわえいこ》。

最強のメンバーを、1人ずつしっかりと確認する。

そして、円卓のちょうど正面に、静かに微笑《ほほえ》んでいる最後の1人。

「楽しみやね、恭也《きょうや》くん」

メインキャラクターデザイン、志野亜貴《しのあき》。

大きくうなずいて、僕はみんなを改めて見回した。

「本当にみんな——集まってくれて、ありがとう」

頼もしくなったみんなの目が、僕に集まっている。そこには、不安なんてない。心の底から、信頼し、期待してくれている目だ。

「知っての通り、僕は6年間、エンタメの現場から離れた。もう戻らないって決めて、他の仕事に専念しようって決めていた。だけど……」

河瀬川の方を見る。彼女も、僕を見てうなずく。

「声をかけてもらって、考えた末に現場に戻った。どうなるのか不安だったし、今さら自分に何ができるんだろうって、悩みながらの現場復帰だった」

まだその頃は、自分に対して半信半疑だった。

「でも、杞憂《きゆう》だった。いざ企画に関わったら、少しだけとか、負担のかからない程度にとか、そんな言い訳は吹き飛んでた。熱が……戻ってきたんだ」

シノアキを、貫之《つらゆき》を、そしてみんなを見る。

「みんなの熱も、存分にこの企画へつぎ込んで欲しい。それができるメンバーだと思ってる。そして僕も……誰よりも強い熱量で作ることを、約束します」

頭を下げた。強く、熱い拍手が、みんなから巻き起こった。

「それじゃ、始めようか！」

エグゼクティブ・プロデューサー兼チーフディレクター、橋場《はしば》恭也。

チームきたやまの、再起動だった。

◇

まずは河瀬川から、状況の再確認をしてもらった。

「サクシードが、開発部をなくそうという方針を示しつつ、最後のチャンスとして、企画コンペを行っている経緯については、すでにみんな、理解してると思う」

全員が一斉にうなずく。その辺りのことは、もう共有済みだった。

「それで、この話には当然、〆切《しめきり》があるわ。具体的に言うと四半期の切り替え。それまでに、企画を通してプロジェクトを始めないといけない」

九路田《くろだ》が頭をかきながら、顔をしかめる。

「て、ことは6月か。正直、あまり時間がないな」

「もう4月だもんね〜。急いで決めていかないと」

ナナコがうんうんとうなずいている。

「だから、ここからは詰めて企画をまとめていくわ。そもそも、システム面や全体の構想はすでにまとめていたものがあるから、そこに肉付けする形で……」

言いかけた河瀬川《かわせがわ》を、僕は手で制した。

「橋場《はしば》、何かあるの？」

「うん、すでにまとめていたものを骨格にするのはもちろんだけど……」

勇気のいることだけど、このメンバーが来たからには、言わないといけない。

「でも、おもしろくするためには、変更の提案にタブーは作らないことにする」

全体からどよめきが起こった。

「で、でも時間がないのよ？　そこでまとまらなければ……」

「まとめられる人間が揃《そろ》ってるから、恭也《きょうや》は言ってるんだと思うぜ」

貫之《つらゆき》が笑いながら言う。

「それに、話を考える側からすれば、その方がありがたい」

たしかに、すでにある枠に話を当てはめるのと、企画段階からどういう話がふさわしいかを考えていくのでは、広がりが異なる。

「あ、斎川《さいかわ》もそれ……賛成ですっ」

「そうやね〜、色々考えられる方がいいもんねえ」

もちろんそうなると、絵もその方がいい。

「というわけなんだけど、どうかな……？」

みんなの意見を集約した上で、ディレクターに確認する。

河瀬川は、ハァ、とため息をつくと、

「このメンバーで作るからには、大変なことになるんだろうなって思ってたけど……わかったわ。元の案は基本としつつ、アイデアには制限をつけないことにしましょう」

全員から、ワッ、と歓声が上がった。

「ただ、さっきも言った通り時間がないわ。これから2週間、ほぼ毎日何かの形で会議をすることになるから、その点はみんな、覚悟してね」

全員から、ウッ、と息をのむ音が聞こえた。

「よし、じゃあ本格的に話をしていこうか。まずはジャンルだが……」

九路田が議事進行役になり、意見交換が始まった。

貫之《つらゆき》や火川《ひかわ》が自由にアイデアを出し、それに九路田《くろだ》や河瀬川《かわせがわ》が突っ込み、ナナコは別の方面から指摘し、竹那珂《たけなか》さんが応戦する。シノアキと斎川《さいかわ》は、出てきたアイデアで閃《ひらめ》くものがあれば、即座にイラスト化してみんなに見せる。そのビジュアルイメージから、さらにアイデアが発展する。

夢のような光景だ。だけど、この夢のまま終わらせるわけにはいかない。

（やるぞ、僕の持ってる力をぜんぶ、ここにつぎ込むんだ）

◇

1回目の打ち合わせは、盛り上がりの内に終わった。

初回ということで、多少は顔合わせ的な意味もあったのだけど、終わり際にはもうすっかり白熱した議論になっていた。

終わったあと、食事でも行こうかという話が出たものの、大半はそのあとに予定を抱えていて、また明日、と言って解散になった。

「わかってはいたけど、本当にいそがしいのよね、みんな」

そう言って、河瀬川は息をついた。

「打ち合わせの時間を得られただけでも大きいよ。あのメンバーが集まっただけでも、すごいことなんだから」

「ほんとにそうね。あ、ハイボールとレモンサワーこっちです」

持って行く先を迷っていた感じの店員に、河瀬川は元気よく告げた。

目の前に、金色に光り輝くジョッキが2つ、並べられる。

「あのさ、河瀬川。くれぐれも言っておくけど」

「わかってる！　さすがに明日もあるんだし、飲み過ぎないって」

この子の「わかってる」に何度騙《だま》されたことか、って話をするとまた揉《も》めそうなので、ひとまずは納得したフリをしておいた。

「それじゃ、とりあえずはお疲れさま」

「ええ、ありがとう。頑張りましょう」

キン、と互いのジョッキが音を立てる。河瀬川は、ジョッキの半分ぐらいを一気に喉へ流し込むと、

「はぁ、おいしい」

心からの言葉という感じで、うんうんとうなずいた。

「……ほんと、ひさしぶりだったわ。あんなに楽しかったの」

そしてしみじみと、今日の感想を口にした。

「みんな、すごかったな。6年間、それぞれ必死にやってきたんだなって」

意見交換は、想像した以上に活発なものになった。

みんな、各界における立派なトップランナーたちだ。そこまで頑張ってきたという自信も経験もあるから、話の幅は気持ちよく広がっていった。

「ほんとみんな、頼りになるよ。すごいと思う」

かつての仲間たちが、それぞれの現場で戦っている。そのことが実感できただけでも、僕はたまらない充実感があった。

「橋場《はしば》」

河瀬川《かわせがわ》が、ぽつりと僕の名前を呼んだ。

「なに？」

彼女は、僕ではなく、ジョッキの方を見つめたままで、

「わたしね、大学を出たとき……クリエイターを辞めるつもりだったの」

突然だった。これまで、そんなことは聞いたことがなかった。

「そんな、だって河瀬川は、誰よりもがんばっ……」

言いかけたところで、思い出した。彼女とかわした、かつての会話を。

大学に入った当時、誰よりも優秀だった河瀬川。だけど次第に、才能を持った者たちが努力を重ね、クリエイターとして突き抜けていった。

彼女はそれを誰よりも実感していた。アルバイトで創作の現場へ行き、実際にプロの仕

事に関わっても、不安は解消されなかった。

（そうか、あの流れで……河瀬川はもう、決めていたってことなのか）

飲みの席で何度も酔い潰れていたあの頃、酒癖が悪かったというのもあるけど、実際はそれ以上の理由があったのかもしれない。好きで選んだ道が、思ったよりも自分に適していないと思ったとき。その絶望は、計り知れない。

「でもそれじゃ、なんでゲーム会社に？」

今の話からすれば、一般企業へ進むことも考えられたはずなのに。

河瀬川は、僕を見て薄く微笑《ほほえ》むと、

「貴方《あなた》が辞めたからよ、クリエイターを」

「僕が……？」

「言ったでしょ、貴方にあこがれてたって。だから、貴方が戻ってくるまでは、続けてもいいかなって思ったのよ」

一気にそこまで言うと、ジョッキに残ったハイボールをすべて飲み干し、店員におかわりをお願いした。

「ちょ、ちょっと、ペース速いって」

「だいじょうぶ、これで終わりにするから」

本当かよと思いつつも、おかわりを許すことにした。

「……畑違いで、何も知らない業界だったけど、やってみたら楽しかったわ。会社はどんどん規模を縮小していくし、やれることとの限界はあったけど、今はほんとに、続けてて良かったって思ってる」

酔いが回ってきたのか、河瀬川《かわせがわ》は少し顔を赤くして、遠くを見るような目をしていた。

それが酔いだけなのか、それとも別の理由があったのかは、僕にはわからない。

わからないけど……これだけは、確実に言えた。

「僕は、河瀬川がクリエイターになってくれて、良かったって思ってるよ」

彼女の作るものは、誠実だ。それは最初に作った課題の映画から、一貫して変わらない。作品は、何も斬新で目新しく革新的なものばかりじゃない。きちんとした楽しませる手順を踏み、形にするのもまた、作品だ。

河瀬川は、それができる希有《けう》な人間だと思ってる。

「ほんとにそう思ってる？」

若干、絡み酒が入ってきたかな？

「ほんとだよ！　このタイミングでお世辞なんか言うわけないだろ」

流すと絡まれそうだったので、きちんとしっかり伝えると、

「そっか……じゃあ、信じる」

なんとか、そこで収まってくれたようだった。

（よかった）

ホッとしたのもつかの間、河瀬川は、

「橋場《はしば》、貴方《あなた》は……この企画が終わったら、どうするの？」

反応に困る言葉を、僕に突きつけてきた。

「終わったら、僕は――」

常識的に言えば、どうするかはもう決まっていた。

社長の座は譲ったとはいえ、僕はまだツインズの取締役だ。早川《はやかわ》にしても峰山《みねやま》さんにしても、いずれはまた、僕が戻る前提で考えているはずだ。

だから、この企画が無事に完結し、商品として世に出たら――。

元の会社に戻り、社長に復帰するのだろう。

「まだ、今はわからないな。企画を形にすることを考えないと」

「ふうん……」

河瀬川は、納得したようなしていないような、そんな顔だった。

（何を思って、こんなことを聞いたんだろう）

戻ってきたんだから、このまま続けて欲しい、って言いたかったのか。

だけど会社があるって理解しているから、そうまでは言えなかったのか。

何かを言おうとしたけれど、良い言葉が思いつかず、僕もジョッキからレモンサワーを流し込んだ。

　さわやかな柑橘《かんきつ》の風味の中に、頭の中をふわっと軽くしてくれるような、アルコールの香りが混ざり込む。

　この場の空気はお酒で流せても、いつかは決めなければいけないことだ。

（どこかで考えないと、な）

　企画が無事に通ったタイミングで、社内でも話をしてみよう。

　そのときに、僕は何を思っているんだろう。

　ものづくりを続けたいと思っているのか、それとも。

　今はまだ、思いを馳《は》せる以上のことは、できそうになかった。

◇

　程なくして、2回目の会合が開かれた。

　今回の会議ではまず、最新の企画書を提出した上での反応を見て、そこから対策をしっかり練り込もうという手はずになっていた。

（まだ、ここでは探りを入れる段階だからな）

　よって、共同企画者である僕の名前も入れず、あくまでもサクシードの開発部単体の企画として提出したものだった。

「新しく提出した企画に、返事がありました。発表します」

息をのむ音がする。名前は入っていないが、僕が加わったことで様々な工夫や変更をふまえた内容だ。ここで上の反応に多少でも変化があれば、手応えがあったと判断できる。

前回の盛り上がりもふまえ、僕はそれなりに期待をしていたのだけど、

「今回もリジェクトだったわ。特に付記できるようなこともなかった」

あっさり、冷水を浴びることとなった。

僕や河瀬川《かわせがわ》、そして開発の２人と共に考えた企画ですら、完膚なきまでに否定されて突き返されてしまった。

「まじかよ、やっぱ厳しいんだな」

九路田《くろだ》がうなるように言うと、

「すんなり通るまではいかないと思ってましたけど、ここまで何もないとは思ってませんでしたね……」

桜井《さくらい》さんも、シュンとした様子だった。

無理もない。これまでの企画と比べて明らかに練り込みやプラス要素をつけたにもかかわらず、何の成果も得られなかったのだから。

（でもそうじゃなきゃ、河瀬川がここまで苦労するはずもないよな）

そういう意味では、納得できる反応ではあった。

「そしてここからがとても重要なんだけど、タイムリミットが変更になったわ」

河瀬川《かわせがわ》の言葉に、一同がざわめいた。

「企画の提出はあと1回がリミット。それで決まらなければ、コンペそのものが終了。そして〆切《しめきり》は……1週間後」

続けられた言葉に、一同は騒然とした。

「えっ、そんな！」

「だって、まだ期間はあるんでしょ？　それなのにどうして……」

ナナコや斎川《さいかわ》は、信じられないという様子だった。

場が騒然とする中、冷静な声がそれを鎮めた。

「言っても仕方のないことだ。それより、どうやって相手を納得させるかを考えた方がいいんじゃないか？」

貫之《つらゆき》の言葉に、みんなもうなずく。

そう、会社が主導でやっている以上、ある程度のルール変更はあり得ると思って動かなければいけない。元々、勝ち目の薄い戦いではあるのだ。

「幸いと言ったらなんだけど、まだみんなの名前は企画書に書いていないわ。あくまでも、これまでまとめた企画として出したから、秘密兵器は温存してると言っていい」

たしかにそれは朗報だった。大きな武器をまだ出していない以上、勝つ要素として想定することができる。

「あっ、それなら、今の企画にスタッフ名だけ書き換えて提出したら……！」

竹那珂《たけなか》さんの言葉に、僕は、

「いや、それじゃダメだよ」

あえて断ち切るように言った。

「今の企画は、あくまでも内部スタッフ向けで作られたものだ。そこに豪華なスタッフを載せたところで、かえってアンバランスになってしまう」

「たしかに、そうですね……このメンバーにふさわしい企画を、ってことですよね」

竹那珂さんも理解したようだった。

「じゃ、前回の会議で出たアイデアをまとめて、それを企画にする形でしょうか？」

桜井《さくらい》さんの発言に、九路田《くろだ》はうなずいて、

「それが基本線だろうな……前の予定なら、な」

すぐに両手を上げると、

「これだけ時間に制限をかけられたら、企画のブラッシュアップの時間がない。アイデアからまとめていくとなると、1週間じゃ不格好なものになる」

彼の言う通りだった。

アイデアがいかに優れていても、そこから企画としてまとまったものにしていくには、どう考えても調整期間が必要だ。

しかし今回のように、時間があまりに限られている状況においては、ゼロからの構築はとても難しい、ましてや、これだけ多くの人間が関わる企画ならばなおさら、だ。

「恭也《きょうや》は……何か考えがあるのか？」

貫之《つらゆき》の言葉に、みんなの顔が一斉に僕を向く。

決断しなければいけない場面だった。これまでの企画を元にして補填《ほてん》するのか、それとも時間が足りないリスクをしょってでも、アイデアを形にする方針をとるのか。

難しい判断になるところで、僕はひとまず、思考をまとめることにした。

「1日、時間をくれないか」

みんながいそがしい中、貴重な時間を割いて集まってくれていることはもちろんわかっている。わかった上で、もう少しの猶予をもらった。

「明日だ。そこで最終的な方針を決める」

◇

結局、2回目の会議は早々に終わることになり、僕はすぐに河瀬川《かわせがわ》に声をかけて、緊急会議を2人ですることとなった。

当然、今回はアルコール抜きだ。

「さすがに一筋縄じゃいかないって感じだね」

僕が素直に感想を言うと、河瀬川も「そうね」と続けた。

「ただ、絶対にすべて拒絶するって感じでもないのよ。今回、時限を厳しくされたことにしても、企画そのものに大きな変化が見られなかった、ってことで成された決定だって思ってるから」

「つまりは、次回で大きな変化を見せるチャンスでもある、ってことか」

僕の返しに、河瀬川はうなずく。

「でも、今の企画からだと、その変化を最大限で見せられない……」

「時限をかけられたのが効いてるね、本当に」

初回の打ち合わせで、たしかにすばらしいアイデアは山ほど出た。活《い》かせるポイントもあった。

だけど、このままではそのアイデアも無駄になりかねない。

議事録を前にして、あれこれとピックアップしては、腕組みをくり返していた。

何度目か、互いに「うーん」となったところで、

「何かあればいいんだけどな……企画の原型として、きちんとした規模があって、なおか

つ僕たちで動かせるもの……」

条件として考えられるものを、頭の整理もかねて、僕は次々と口にしていった。

「ちょっと、書き出してみるわね。大きな企画、構想、世界観、そして、わたしたちが使えるもの——」

メモに記されていく条件。僕はそれらを、改めて眺めている。

アイデア出しをする際、口に出して言う、紙に書く、というのは馬鹿にならない効果がある。実際に形にすることで、頭の中であれこれこね回すよりもずっと、整理整頓がなされるからだ。

そうやって情報をまとめていくと、思いも寄らなかったもの、最初から想定になかったようなものと、不思議と結びついて、新しいものが生まれたりする。

目の前にあるメモを、僕と河瀬川《かわせがわ》は互いにジッと見つめている。

そして、

「あっ……」

ほぼ同時に、ある可能性に気づいたのだった。

◇

「リメイク?」

「あの企画をもう一度?」

「え、それって大丈夫なの、色々と」

翌日、3回目の会議で、僕が昨日の夜に思いついた「ある可能性」について話をした。

みんなは一様に驚いた様子だった。それは、「たしかに」という納得と同時に、「実現可能なのか?」という不安をもって、受け止められた。

「もちろん、いけるかどうかの話はしてる。だよな、九路田《くろだ》」

九路田は「ああ」とうなずき、持参したファイルケースを開けた。

「ここに、企画書の最終版がある。決定稿として提出するときに、会社と契約を結んだんだが……」

ここで九路田は、企画自体が凍結されたときについて、しっかりと条項を加えておいたのだと話した。

「アニメの世界で経験したんだが、せっかくいい企画なのに、途中で制作が止まった上に、権利元が面倒で二度と動かせない、ってことがあってな」

それもあって、企画者がある程度自由に動かせるような、そんな契約にしたのだった。

「幸い、あの会社は学生をなめてかかってたとこがあってな。企画自体の保有には、あまり興味を示さなかったんだ」

そして、その企画は途中で頓挫し、凍結となった。

契約条項に従い、その企画の所有は——。

「元々の企画立案者、橋場恭也《はしばきょうや》。僕へ戻ってきたんだ」

発表した瞬間、場が騒然となった。

「すげえ……！　そんなこと、いつの間にやってたんだよ！」

貫之《つらゆき》が、驚きと喜びが混じった声を上げた。

「俺もまさか、こんなことになるとは思ってもみなかったよ。ただ……」

九路田《くろだ》は、僕の顔を見てニヤッと笑うと、

「せっかくの橋場の企画、形にならないのに会社に取られるなんて、それだけは嫌だって思ってな」

「九路田……」

本人も予想していなかったとはいえ、さすがの行動だった。

「良かった〜！　あたし、あの企画で考えた曲、まだ発表してないよ！」

「わたしもです！　キャラデザの流用もないから、全然いけますね！」

みんな、6年間を思い出して、あれこれと盛り上がっている。

その中で、ジッと目を閉じて、過去を思い出すように、

「あのとき考えた子たちが、動かせるかもしれないんやね」

シノアキは、静かに思いをこめてつぶやいていた。
生み出してなお、世に出せなかったキャラクターたち。
この業界に限らず、それはいったい、どれぐらいいるのだろう。
（無駄にならずに、済むのかもしれない）
まさかの連続が続いて、このチームができた。
その奇跡に震えていたら、6年前のことまで蘇《よみがえ》ってきた。
しかも、悲しい思い出ではなく、未来への希望として。
「——じゃあ、異論はないようなので、決定するよ」
全員が、一斉にうなずいた。
「本作の企画は、『ミスティック・クロックワーク』のリメイク作品とします」
ぼくたちのリメイクが、始まった。

◇

残りの時間が限られていることもあって、その後、会議は毎日行われることとなった。

3日目の会議では、元々の企画の各要素について確認をし、その上で、早急に修正が必要な箇所を洗い出した。

その結果、設定や世界観においての大幅な修正が必要ということになったのだが、

「設定、直してきたぞ！　読んでくれ！」

翌日の4日目。会議の冒頭で、貫之《つらゆき》が会議室に駆け込むなり、叫んだ。

全員が無言のまま、スマホの画面や印刷された紙に目を通している。ギリギリの時間まで加筆修正をしていた、できたてのものだ。

「いいんじゃねえか、これ。現代への皮肉が、説教くさくないレベルで効いてるな！」

九路田《くろだ》が、大きく吠《ほ》えた。

「だろ！　西洋ファンタジーからの置き換えってんで、正直どうしようかってなったが、ネトゲや配信と絡めたら化けそうだなって思ってな！」

「いや、お前ほんとすげえよ！　プロデューサーの無茶《むちゃ》ぶりによく応えた！」

九路田が貫之の肩をバンバン叩《たた》くと、彼らは2人して僕の方を向き、「見たか」といった感じで胸を張った。

「こっちはアキさんといっしょに、現代版アレンジの衣装案を考えてきました〜！」

斎川《さいかわ》が机の上に、色とりどりのラフ画を大量に広げた。

「美乃梨《みのり》ちゃんと相談したんやけど、ゲームの出る時期とか考えたら、ちょっと未来感ある方がいいかなって思って」

「ですです！　だから、結構突き抜けたデザインも出してるんですけど、これぐらいやっ

た方が印象に残るかなって！」

たしかに言われた通り、今の流行《はや》りというよりは、もう少し先々を見た感じのデザインが描かれていた。

広げられたラフを見て、ナナコが飛び跳ねて喜んでいる。

「めっちゃいいじゃない～かわいい！　あ、音楽はもう送ってある通り、仮曲だけど10曲、入ってるから！」

「相変わらず手ぇ速いな、ナナコは！」

驚く火川《ひかわ》に、ナナコは大笑いすると、

「いや～、ほんと業界って大急ぎで作らなきゃってこと多くてね、だからラフだったらバンバン作れるようになったってわけ！」

「そうか？　俺のラノベの映画の主題歌、すげー遅れてヤバかったっグホォッ！」

「ま、まままそういうときもあるのよ、うん！」

腹に一撃を食らった貫之と、笑って誤魔化《ごまか》しているナナコ。

様子は昔のままだけど、話していることは見事にスケールアップしている。

「ふふふ、先輩方に負けてはいられませんよってことで、タケナカ、昨日みっちり父さんと会談してきましたぁ！」

「で、どうだった？」

息をのむ河瀬川《かわせがわ》を前に、竹那珂《たけなか》さんは大きくVサインを掲げると、

「やりました!! 予算の増額、しっかり獲得してきましたよ!!!」

再び、会議室に歓声が巻き起こった。

その様子を、呆然《ぼうぜん》と眺めていた2人に、僕は近づいて声をかけた。

「……ってとこまで、話は進みました」

「いやもう、なんて言うか……うちの会社の企画だなんて、信じられない」

小島《こじま》さんは、少しあきれながらも目を大きく見張り、

「ゲームを作るのって、こんなにワクワクするものだったんですね。わたし、めちゃくちゃ楽しみです……!」

桜井《さくらい》さんは、顔中で期待感を表していた。

「お2人にはこれから、ゲームを実際に企画として定着させるために、仕様面などから調整をお願いしたいと思っています」

わかりました、と2人はうなずいて、

「でも、これまでのハードで作るのだとしたら、別段そこまでの調整は必要じゃ……」

「いえいいえ！ ここでプログラマーさんにぜひ参加して欲しいんですよ！」

懸念を示そうとした小島さんの前に、竹那珂さんが颯爽《さっそう》と現れた。

「なぜなら今回のゲーム、期待の新ハードで作るからです！」

「えっ、それって……！」

小島さんは、すぐにピンときた様子だった。

「そう、再来年発売予定の新ハードで、ね」

まだ正式名称ではなく、コードネームで呼ばれている陣天堂《じんてんどう》の新ハード。据え置きと携帯型のハイブリッドという、これまでにない画期的なスタイルで、僕がかつていた２０１８年の世界では、一大ブームを巻き起こしていた。

僕もそれを知っていたので、なんとか竹那珂さんを通じて話をしていたところ、企画が承認されることを条件として、メーカー側からＯＫが出たのだった。

「２０１７年完成の予定で進めれば……上手《うま》くいけば、注目タイトルとして強くアピールできそうだ」

僕の言葉に、みんなも大きくうなずいた。

ミスクロのリメイクについて、僕が掲げたのは、骨は残しつつも肉は大きく付け替えよう、ということだった。

元の企画は、６年前のものだ。当然ながら、トレンドも変わっているし、その間に発売されたゲームで、先を越されたアイデアも存在する。

でも、根っこにあるシナリオのおもしろさや、キャラの関係性、そして基本になるゲームデザインは、充分に使えるものだった。

だから、表で見える部分を根こそぎ変えつつ、軸は変えずにいこうということを、提案したのだった。

(みんな、さすがのアレンジだったな)

貫之《つらゆき》は、中世西洋ファンタジーだった元案から、現代とのリンクを上手《うま》く作り上げ、異世界転生もののエッセンスまで盛り込んできた。

イラスト班の2人も、それに合わせる形で、ファンタジーの匂いを残しつつも、それを現代にアレンジするという絶妙なデザインを見せてくれた。

ナナコの音楽も、竹那珂《たけなか》さんの美術設計も、企画書レベルではもったいないぐらいの高いレベルで、プレゼン用資料を仕上げてくれた。

ここからはもう、河瀬川《かわせがわ》や九路田《くろだ》、そして僕の仕事となる。現場の最前線にいる、小島《こじま》さんや桜井《さくらい》さんの意見を盛り込みつつ、いよいよ、新生ミスクロを新作企画としてまとめ上げていく段階になった。

提出は4日後。来るべきときが、来た。

「さあ次は――向こうのターンだ」

◆

窓の外は、夜にもかかわらず色とりどりの光であふれている。

新宿《しんじゅく》という街はとてもいびつで、バランスの悪い街だ。東に歓楽街、西にビジネス街という区分けはあるものの、どこか雑多で、洗練とはほど遠い。

だけど僕は、そんな街が好きだった。人のいるところが好きだったし、雑多な空気は、元いた大阪《おおさか》の街を思い起こさせた。

だから、会社を東京《とうきょう》に移すことが決まったとき、僕はここに本社を置いた。

高層ビルの上から下を眺めると、街はまるで作り物のように思える。かろうじて確認できる人の姿はアリのようで、喧噪《けんそう》も灯《あか》りもすべて、仮想のものに思えてくる。

だけど、みんなそれぞれが懸命に働いて、生きている。

会社のトップに立ち、人の生活を預かる立場に立ったからには、絶対に忘れてはいけないことだ。

かつて父がよく言っていた。

この景色を見るようになれば、お前も経営がわかるようになるだろう、と。

反吐《へど》が出そうな話だった。要は、人をアリのように見立てて扱えということだ。

「そんなの……絶対にわかりたくなんかない」

握りしめた拳が、ギリギリと痛みを与えてくる。

「もう、終わりにしよう、こんなことは」

ようやく、だ。

机に戻り、引き出しを開ける。

ほとんどの紙の書類を電子化し、空っぽになったデスク。その中で、ひとつだけ、置いてあったものがある。

写真。僕と、何人かの人間が写ったものだ。

今からおよそ10年前。僕はまだ学生で、会社ではアルバイトとして働いていた。

まだ会社が大阪《おおさか》にあった頃。みんなの手には、自分たちで作ったゲームソフトのパッケージがあり、そして満面の笑みを浮かべていた。

黙ってそれを見つめている。

大切な写真だった。これを笑って眺められる日が来るように、僕は頑張ってきた。

その日までに、僕はこの写真を大切に持っている。

「社長、失礼します」

扉の所で、慣れ親しんだ顔がこちらを見ていた。

「やめてくださいよ堀井《ほりい》さん。社長呼びはやめましょうって言ったじゃないですか」

苦笑しながら言うと、堀井さんはめずらしく、緊張した面持ちだった。

「……何かありました？」

僕もトーンを変えて尋ねる。

堀井さんは、緊張するときにそうなる、幾分高い声で、

「ゲーム開発部から、企画の改定案が提出されました」

そのように、告げた。

「そうか……」

これが最後ということで、あきらめさせるために設定した最後の〆切《しめきり》だった。絶望にある中、最後まで提出した心を思うと、いたたまれない。

「処理は堀井さんに任せます。あと、彼女の次の仕事について提案が……」

酷《ひど》いことをした会社が言うのも何様かと思われるだろうけど、彼女が望むことをなるべく叶《かな》えられるようにしよう。ゲームから離れてもらえるのなら、いくらでもお願いしたいことはあるのだから。

中身は――残念ながら、もう見るべきものはないだろう。

「康《こう》くん」

不意に、名前を呼ばれた。何年ぶりのことだろうか。

意味もなくこんなことをする人じゃない。

当然、理由があってのことなんだろう。

「タイトルを見て欲しいんです、企画書の」

立ち上がって、堀井さんのところまで近づいた。

分厚い紙の束を受け取った。明らかに、これまでの企画書とは格が違った。

中身ももちろん気になったけど、言われるままに、タイトルに目を通した。

「ミスティック・クロックワーク……」

初めて見るタイトルではなかった。

僕がサクシードから離れて、外の会社から堀井《ほりい》さんに連絡を取っていた頃だ。学生のアルバイトの人たちで作ったチームが、おもしろいものを作ってきたんですよと言われて、会社の買収後に改めて話を聞いた記憶がある。

そのタイトルが、まさにこれだったはずだ。

「まさか、彼が……？」

タイトルに紐付《ひもづ》けられている記憶。学生のアルバイトで、興味を引くようなことをしてくる人間なんて、限られている。

学生離れした視点と、柔らかで、だけど芯のある思考。

好ましい人柄でありながら、僕とは異なる主義を持っていた人。

「…………」

堀井さんは、黙ったまま何も答えなかったけれど、

「……はい」

やがて小さく、うなずいた。

心なしか、少しだけ笑っていたようにも思う。

僕は、企画書を持ったまま、窓辺へと歩いた。

「そうか、やっぱり戻ってきたんだ」

◆

企画書がギリギリのところで完成し、河瀬川《かわせがわ》からは無事、提出をしたとの連絡を受けた。

僕はとりあえず一息つくと、会社の自分の椅子に深く腰を下ろした。

社員はみんな帰ったあとだった。僕1人のオフィスはとても静かで、外の喧噪《けんそう》が窓越しに伝わってきた。

これで、やれることはやった。どういう返事が来るのかわからないが、あの企画でダメならば、もう打つ手はないというところまで作りきった。

あとは運を天に任せるだけだ。

「それにしても」

結局、わからないことはあった。

それは、サクシード、いや、茉平《まつひら》さんの考えていることだった。

伝え聞く話から考えるに、彼はゲームを、そしてゲーム制作に対して、相当ネガティブして経営的な判断からなのか。それとも、企業の代表者としての経営的な判断からなのか。

どちらなのかは定かではないけれど、河瀬川からの企画提案を何度も突っぱねているところを見るに、制作に前向きではないことはたしかだった。

「何か、あるんだろうな」

誰よりもゲームを愛しているように見えて、一方では、ゲームに対してネガティブな反応を見せるところもある。複雑な思いが、そこにはあるはずだ。

茉平康《こう》という人物は、思えばずっと大人びていた。学生とは思えないぐらい、落ち着いた雰囲気で、そして考え方も成熟していた。そんな彼が、初めて感情を露《あら》わにした瞬間。それこそが、ゲームにまつわることだった。

6年前の、ボードゲームカフェでの会話を思い出す。境遇も立場も違ったけれど、僕らは互いに、1枚の絵をきっかけに、この世界を愛するようになったことを知った。そして別れ際、その経緯を確かめるように、彼は僕に言葉を残して去っていった。

だけど、今の2人の立ち位置は、おそらく別の所にある。その理由を、知りたかった。

静まりかえった部屋の中に、スマホの着信音が響き渡った。登録している番号以外からの着信を示す音だった。

「ん……誰だ？」

03から始まる番号だった。仕事相手、会社からの連絡だろうか。

着信のアイコンをタップし、「もしもし」と言ってから少しの間を置いて、

「ひさしぶりですね、橋場《はしば》くん」

懐かしい、当時のままの声が聞こえてきた。

「茉平《まつひら》……さん」

落ち着いた口調とトーン、そして中性的な優しい語り口。こんな人になりたいと、ずっと思っていた存在。

あの頃は、本来ならば年上だったはずの僕よりも、彼の方がずっと成熟して見えた。こうして、本来の年齢に追いついた今でも、おそらくそれは変わらないのだろう。

「番号、覚えていてくださったんですね」

「うん、消す理由なんかなかったからね。君の方こそ、よく覚えててくれたね」

「忘れる理由がないですよ、僕にも」

そうか、と2人で話して軽く笑い合う。まるであの頃と同じような空気だ。

「会社、やっているんだって？　同じ経営者同士だね」

「とんでもないです。茉平さんに比べたら、吹けば飛ぶような規模で」

あいさつが終わると、自然と今の話になった。互いの会社の話、経営の苦労、社長にしかわからないあるある話。茉平さんの話はとてもおもしろくて、そしてためになって、こ

のままの話題だけで終われば、きっと楽しい通話になっただろうなと思った。

だけど、おそらく２人とも気づいていた。

あえて、あの話題には触れようとしていないことに。

どちらから話すのか、間合いを測っているようにも思えた。別にどちらが口火を切ったからといって、何かが有利不利になるわけでもない。だけど、その一言をどちらが言うのかについては、妙に先延ばしがされているようにも感じた。

やがて、互いの話題が尽きたところで、少しの沈黙が流れた。

茉平さんは、それまでとトーンを一切変えることなく、言った。

「――河瀬川《かわせがわ》さんの企画、手伝ったんだね」

「はい」

僕も、ごく自然に肯定した。

茉平さんは、「そうか……」と言ったきり、黙り込んだ。もっと色々と聞かれるのかなと思ったけれど、それはなかった。

どうして彼女の企画に乗ったのか、ゲームと関係のない世界で働いていて、なぜ戻ろうと思ったのか。聞くことはたくさんあったはずだ。

だけど、茉平さんは無言だった。

その意図を探るためにも、僕は先に口を開いた。

「お伺いしたいことがあります」

「何かな？」

どうして河瀬川《かわせがわ》の企画を突っぱね続けるのですか。サクシードのゲーム制作について、何か思うところはあるのですか。その思いは、かつて僕に話してくれたこととも関係があるのですか。

　色々と聞きたいことはある。だけど、この通話でそれをひとつひとつ聞いていくのは、僕はやりたくなかった。予感めいたものがあって、きっと近々、会って話せる機会があるだろうから、そこで聞こうと考えていた。

　だから、僕は1つだけ、集約して質問をした。

「茉平《まつひら》さんは……今でもゲーム、好きですか？」

　返事があるまでに時間を要した。

　やがて、小さな息づかいの後に、

「……ああ、好きだよ。でも」

　そこで言葉を一旦切ると、

「作ることについては、別の話だ」

　やはり、だった。

　理由はわからないけれど、彼はゲーム制作について、何かしらの思いを秘めている。そしてその思いが、河瀬川たち開発部の企画を止めている原因の1つになっている。

続けての言葉を待ったけれど、彼からは何の言葉も出てこなかった。

沈黙が長くなり、僕はそろそろ遅いのでと告げて通話を切ることにした。

茉平さんから新しいスマホの番号を聞き、それでは、と言いかけたのとほぼ同時に、

「企画、おもしろかったよ」

意外な言葉だった。むしろ、中身なんか見ていないと思っていたのに。

だけど次の言葉で、なぜそんな感想を言ったのか、わかった。

「だからこそ、危険だ」

「…………」

今度こそ、通話は切れた。僕はその黒い画面をずっと見つめていた。

どういうことなのだろう。おもしろかったと言いながら、危険だという。おそらくその先に、茉平さんの思いが、考えがあるのだろう。

◇

冷たく黒いスマホの画面には、日が変わったことを示すゼロの数字が、無味乾燥に並んでいた。

提出日から1週間。チームはひとまず、それぞれの本業を行いつつ、彼女からの連絡が来るのを待っていた。

僕もいったん、ツインズに戻っていた。当然のように企画の行方が気になったけれど、こればかりは結果が出ないことには何も動けない。何かあれば、すぐに河瀬川《かわせがわ》から連絡があるはずだ。そう信じながら、日常を過ごした。

そして、ちょうど1週間が経《た》った今日。

「いよいよですね、パイセン！」

午前10時、僕はトランスアクティブ社の廊下を、足早に歩いていた。

「全員に集合がかかったから、何かしらの答えが出たんだろうね」

「はい！　きっと、GOが出たに違いないですよ！」

僕もそう思いたい。だけど、彼からの通話を思い出す限り……。

「そう簡単には、いかない気がするんだよね」

「……タケナカも、内心はそんな感じです。茉平《まつひら》さんですから」

みんなを混乱させたくないので、茉平さんから通話があったことについては、話をしていなかった。

ただ、どちらにしても、何かの回答はしてくるはずだ。

「何か言わなくてはいけない企画書には、なったはずだ」

現に、おもしろいとは言ってくれた。これまでと違う反応があるはずだ。

「ですね、本気の本気ですから！」

頼もしい後輩を横に、僕は会議室のドアを開けた。

「みんな、お疲れさま！」

すでに揃《そろ》っていたスタッフが、一斉に出迎えてくれた。

「恭也《きょうや》！　やっと元気な顔になったな！」

貫之《つらゆき》が、ニカッと笑顔を見せる。

徹夜続きになった最終盤、ボロボロの顔を見せて以来だった。

「おかげさまで。九路田《くろだ》の方はちょっと疲れてるみたいだけど」

チラッと脇を見ると、彼は彼で不服そうな顔を見せた。

「お前な、俺は前の仕事の引き継ぎがまだ終わってなくて……」

九路田は、ミスクロリメイクのために、会社を辞めてフリーになっていた。

この企画のせいじゃねえ、前から考えていたことだと言い張ってたけど、

(絶対に完成させるぞって、息巻いてたからな)

合わせての行動だったことは、みんなが承知していた。

「大丈夫ですよ九路田さん！　もし路頭に迷っても、タケナカが即オファー出しますから、安心して辞めちゃってくださいね！」

「竹那珂《たけなか》、俺がどれだけよそから依頼来てると思ってんだよ、そもそも……」

笑顔の竹那珂さんと、ムキになって説明する九路田《くろだ》。学生の頃には、間違っても見られなかった光景だ。

「ねえ恭也《きょうや》、昨日送った曲、聴いてくれた？」

ナナコが駆け寄ってきて、目を輝かせていた。

まだ企画が承認されたわけじゃないから、ラフから進めちゃダメだよと言ったのに、

（びっくりするぐらい、作っちゃうんだもんな……）

N@NA《なな》の新曲というとんでもない代物を、気軽にzipファイルで送ってこないで欲しい。何かあって外に漏れ出たら、彼女の所属レーベルがどんな顔をするかわかったものじゃない。

「もちろん、めっちゃ良かったよ！　でもナナコ、もうさすがにここで止めておいてね」

「え～、今すごく調子いいとこなんだけどな～！」

明らかに不満そうだったけど、このまま行き先不明の曲が増えれば増えるほど、僕の精神耐久力が減ってしまいそうだった。

ナナコをなだめつつ、僕は部屋の奥へと向かう。

落書きに興じる神絵師が２人、楽しそうに笑っていた。

「あ、先輩！　ほら見てください、これ！」

斎川《さいかわ》が見せたのは、筋骨隆々の男性キャラのラフ画だった。

「お、すごい……けど、こんなキャラ、いたっけ？」

見覚えのない姿に首をかしげると、

「ふふっ、これ、火川《ひかわ》くんなんよ」

シノアキはニコニコしながら、火川を指さす。

「えっ、どういうことなの、それ？」

「どういうことも何も、そういうことだ！　うちのチャンネルのイメージキャラ、依頼して描いてもらったんだよ！」

火川はニカッとさわやかな笑みを浮かべ、筋肉を誇示するポーズを取った。

「今後活動するのに、アバターっていうのか？　そういうのがあるといいなと思ってな」

「ああ、たしかに。なるほどな……」

至極納得のいく話だった。

彼は今、数十万の登録者を持つ配信者になっていたが、もちろんそれは実写で、しかもジャンルはボディビルとダイエットだった。

インフルエンサーとしての側面もあるので、今回は一般向けの宣伝や広報をお願いしたのだけど、ちゃんとエンタメへの適用も考えてくれていたようだ。

「先に備えて、ゲーム実況も増やしてるからな。このアバターで色々活動するぞ！」

まだ今は2016年、VTuberが出てくる時代ではない。

(案外、火川《ひかわ》がそっちでも人気になるのかもな……)

アクションスターになりたいという夢も、その流れから叶《かな》うのかもしれない。

シノアキが、楽しそうに振る舞うみんなを見て、嬉《うれ》しそうに笑っている。

「良い結果になるとええんやけどね」

「そうだね」

スマホで時間を見る。そろそろのはずだけど、まだ河瀬川《かわせがわ》は到着していなかった。

(面倒な結果になったんだろうか)

時間に対して正確な茉平《まつひら》さんが、遅く通達をすることはなさそうだ。

となると、結果に対してどう伝えようか、河瀬川が悩んでいる可能性が高い。

緊張感の増す中、およそ10分遅れで、

「あっ」

静かに、ドアが開いた。

「みんな、ごめんね。遅くなりました」

河瀬川が、会議室へと現れた。

全員が、彼女を取り囲むようにして集まる。

「河瀬川、どうだった?」

「結果、出たんだよな！」

みんなの期待が集中する中、彼女は少し言いにくそうに、

「会社から、先日提出した企画についての返答がありました」

固唾をのむ、という言葉がふさわしい空気が、辺りに流れる。

最大限に緊張が高まる中、河瀬川はいつも通りの静かな声で、

「結果は――条件付きの保留、よ」

えっ、という戸惑いの声が、まず漏れた。

さっきまでの沈黙が、一斉に打ち破られる。

「保留って、それどういうことだよ」

「リジェクトじゃなかったから、ダメってわけじゃ、ないんですよね？」

「しかも条件付きって、なんだそりゃ……」

口々に、返答について議論が交わされる中、

「河瀬川」

僕は彼女の側《そば》に行き、話しかけた。

「条件、聞かせてもらえる？」

みんなの目が、再び彼女へと集まった。

「ええ。その条件というのは……」

どこか、その答えを予想していたように思う。

先日の、あの通話からの流れから、彼ならそうするはずという答えが。

「企画責任者との、1対1の面談を希望します、その結果によって、企画を進めるかどうかの判断をします、とのことよ」

やっぱり、そういうことか。

「それってつまり、橋場《はしば》が……」

九路田《くろだ》が口にして、みんなの目が、今度は僕に集中した。

ミスクロリメイクの企画書には、企画責任者の名前が1ページ目に書いてある。

橋場恭也《きようや》。間違いなく、それを見た上での回答だろう。

「もちろん」

望んでいた、とまでは言わないけれど、最初からこういう可能性を、考えていたような気がする。

尊敬する、そして同志だと思っていた茉平《まつひら》さん。

その彼が、どうして仲間である開発部をないがしろにするようなことをしたのか。

そして、僕と別れる際に、なぜあんなことを言ったのか。

直接会って、聞きたいことはいくらでもある。

沸々と、身体《からだ》の中から熱が高まってくるのを感じていた。

「受けて立つよ」

河瀬川《かわせがわ》の心配そうな顔に、安心させるように笑いかける。

6年前にあきらめたこと。

6年後に取り戻したこと。

今ここに集ったみんなのためにも、僕がここで戦わなければ、何も始まらない。

拳を握りしめた。スッと大きく、息を吸った。

言葉には力も、呪いもある。思えばこの言葉を言い続けて、僕は強くもなったし、打ち砕かれもしたように思う。

言うのはちょっと恐《こわ》い。だけど、ここで言うべきことだとも思う。

不可能を可能にする、最強の言葉を。


「ぜってえ、なんとかする!!」

来訪者

「対決」の日は、1週間後と決まった。

その日は特に何を決めるまでもなく解散となり、僕もそのまま、自宅へ帰った。

シンと静まりかえった家の中、目の前には印刷された企画書がある。

10年かけて、たどり着いたものだ。

「やっとここまで、来たんだ」

心の中は、燃えさかったままだ。

絶対にこの企画を通してやる、そんな思いで満ちている。

だけど、茉平《まつひら》さんとの話は、その前段階の話になるような予感がある。ゲームとはそもそも何なのか、僕はどうして、ゲームを作る道をまた選んだのか。

昔の僕なら、あいまいな答えだったに違いない。好きだから、そんな感情の話だけで終わったかもしれない。

でも今は違う。僕は作品の持つ力を信じている。自分を、そして他人の人生を変えるほどの力を持った、作品の本当のすごさを。そしてそれを作り出す人たちの、まさしく血と涙の業を。

長い時間が経《た》ったからこそ、それらを心から信じられるようになったんだ。

「6年、無駄じゃなかったんだな」

加納《かのう》先生から、そして別の未来にいた河瀬川《かわせがわ》から、共に言われた言葉だ。

無駄なことなんて、ひとつだってない。

過去にさかのぼるという、とんでもないチートを使いながらも、僕は結局、現在に生きることを選んだ。無理をしてクリエイターになり続けることもできたのだろうけど、冷静に見て、やはり僕はあのとき、踏み越えられる勇気がなかった。

でも、そんな臆病だった僕が、こうして社会経験を得て、より強くなることができた。

「回り道って、悪いことばかりじゃない」

自分のことに照らし合わせて、つぶやいた。

先日、貫之《つらゆき》と2人きりで、少しだけ話をしたときのことだ。哀《あい》ブラの今後の展開について、少しばかりネタバレをされた。

「主人公はさ、レジスタンスを離れたことでまた一層、強くなって帰ってくるんだよ」

「ちょっと、楽しみにしてるんだから言わないでよ」

「はは、まあこれぐらいいいじゃないか、なんせ……」

貫之は笑って、

「お前の物語なんだからな」

そう、言った。危うく彼の前で泣くところだった。

「――貫之《つらゆき》から、2回も助けてもらったんだな」

最初は1人の読者として。2度目も1人の読者として。彼の作り出した物語の力で、僕は助けてもらった。彼は当然知らないことだけど、僕は何度も時間を超えて、貫之の作る物語の中で生かされた。

「返さなきゃな、みんなに」

ずっと、悩んでいた。時間を超えて、何度か行き来して。そうして得られたものは何だったのかって。

たくさんの仲間を得て、経験を得て。

僕は今、ここにいることができる。

不満があるわけじゃない。不満なんて、あるわけがない。

だけど、このあり得ない体験が、どういう理由で得られるに至ったのか。

時間を超える理由が、どこにあったのか。

結局僕には、何もわからなかった。

「……ちょっと、寒くなったかな」

身体《からだ》に冷たさを感じて、腰を上げた。

5月、もうすでに春を終えて、夏へ向かおうという頃なのに、部屋の中は不思議と冷え込んでいた。

窓の外には、闇が広がっている。

立川《たちかわ》の駅から、そう遠くないはずのこの場所も、夜になれば本当に静かになる。

街灯もない、夜の闇の向こうには、別の世界が隠されていそうだ。

それこそ、時間を通り抜けるゲートなんかが。

「僕のときは、情緒もクソもなかったけど」

10年前。２０１６年から、過去へと戻ったとき。

トラックにはねられたり誰かに刺されたりすることもなく、ただ寝て起きただけで、僕は時間を飛んだ。

まるで、そのことにはそんなに意味がないんですよと言われているように。

もし、神様があの時間旅行を仕組んだのだとしたら。

随分と雑な、導入にしたものだと思う。

「ひょっとしたら」

もう、幾分薄れ始めた記憶に、思いを馳《は》せる。

「タイムスリップなんて、夢だったのかもな」

人は、自分に都合の良いように、記憶を作り替えることがある。

暗示、催眠、洗脳――。人間の脳って、案外操作しやすいんだなと思うぐらい、世の中には、嘘《うそ》の記憶が紛れ込む機会が転がっている。

僕もそうだったのかもしれない。

ブラック企業で死にそうになっていたことも、
ｉｆの世界の２０１８年に飛んだことも、
そもそもすべて、思い込みだったのかもしれない。

闇の中を見つめて、僕はそんなことを思う。

そう思ってしまうぐらいには、このタイムスリップは、不可解だった。

いったい誰のために。

どういう理由があって、こうなったんだろう。

「せやな、まあ、わからんやろな」

うしろから、声が聞こえた。

「とりあえず、夢ってことはないで」

あやふやだと思っていた記憶の中で、だけどこの声にだけは、聞き覚えがあった。

振り返った。

ピンク色の髪の幼女が、まるでそこに最初からいたかのように、ちょこんと座って、僕の方を見ていた。

「よっ、少年……というには、けっこう年も食ったみたいやな」

フヒヒヒ、という独特の笑い方。
けっこうえげつない関西弁。
ファンタジーの世界から抜け出たような、アンバランスな外見。
僕はこの人を、とてもよく知っている。
「おひさしぶりです、ケーコさん」
だけど、完全に忘れていた。
今こうして、目の前で話すまでは。
たくさん、話したいことがあった。
僕の記憶の中で、あいまいだったもののほとんどが、ケーコさんと共にあったから。
なぜ、僕は時間を飛んだのか。
どうして、こうなったのか。
結果として、今の状況は望まれていることなのか。
間違いなく、その秘密を握っているのは、彼女だ。
「前に、聞こうとしました」
質問をするタイミングは、以前にもあった。
２０１８年。貫之《つらゆき》の一件があった直後、未来に飛んだあとだ。
「あのときは、聞かないでくれって言われました」

ケーコさんは、やさしい表情で笑っている。
相変わらず、何も言葉は発しないままだ。
「あの、僕は」
いよいよ、聞こうとした。
だけどそこでやっと、ケーコさんは口を開いて、
「おっと、ごめん。まだなんや」
手で制して、僕が話すのを止めた。
そしてケーコさんは、よっ、と立ち上がると、僕のいる窓辺へと歩いてきた。
背の高さが明らかに違うから、彼女が僕を見るときは、必ず見上げる形になる。
かわいらしい、としか言いようのない姿だ。
お菓子をちょうだい、とでも言うような、そんな姿にしか見えない。
だけど僕は、この女の子に、すべての主導権を握られている。
「その前に、やることがあるんや」
この期に及んで、何だと言うのだろう。
戻った分の10年間は、完全に過ぎ去った。
ここから先は、本当に、誰も知らない未来だ。
いや、それとも、また別の未来へ飛ばされるのだろうか。

「あの、ケーコさん」

不安に駆られて、思わず言った。

「僕はその……ここにいたいんです。未来でも過去でもなく、今こうやって、やり直せたことで、やっと、見つけられたように思うんです」

チート人生からすれば、失敗ルートなのかもしれない。

6年の回り道は、短縮しようと思えばできることなのだろう。TASやツールを使えば、失敗したところから、やり直せるのだから。

でも、そうやってやり直したことで、得られなかったこともたくさんあるって、僕は知ってしまった。

知ったからには、もう戻ることもできないし、何かを先に知ることもできない。

「いろんなことを見て、話して、わかったんです、だから……」

もう、どこにも行きたくない。

ここで、僕は人生を送りたい。

時間を飛び越えることになった理由の彼女に、訴えかけた。

でももし、彼女が本当に神様なのだとしたら。

きっと、僕の意向なんか関係なく、意志のままに時間を飛ばすのだろう。

そうしたら、僕はどこへ行くのだろう。

恐《こわ》くて、仕方がなかった。

「心配せんでええ」

だけど、そんな不安を吹き飛ばすように、
ケーコさんは笑って、ここから先のタイムスリップを、

「君はもう、ここからどっかに飛ぶことはない」

否定したのだった。

「そう……なんですか?」

「せやで。なんせ君は……」

ケーコさんは、そこで初めて笑顔を消した。

「ずっと前からもう、主人公やからな」

どこかで、その言葉を聞いた記憶がある。

遠い場所と、近い場所だ。未来から戻ってくる直前と、そして、つい最近、貫之《つらゆき》から言われた言葉だ。

僕が主人公。ヒーローにも、悪役にもなれず、ただの人になった僕が。

この物語の中心に、いたってことなのか。

それなら、ケーコさんはなぜ、ここにいるんだろう。

主人公がここにいるとして、何かを知る人がやってきたとして、次にすることは何なの

だろう。理由がなければ、ここに来ないはずだ。

「それじゃ、どうして」

来たんですか、は無用だった。

彼女もそれを察して、

「伝えたいことがあって、来たんや」

理由を話してくれたから。

僕は、うなずく他はなかった。

遠いところから来た。10年を戻って、10年を過ごして、ここまで来た。

長い旅は、そろそろ終わるのだろう。

語《かた》り部《べ》がここへ来たことが、それを物語っているから。


窓の外は、さっきよりもずっと深い闇が広がっていた。スマホの時計は、午前2時を示している。かつて、この時間を知らせていた時報も、動画サイトからなくなった。過去が現在になって、人も世界も変わった。

僕はこの先の未来で、何を見るのだろう。

答えはまだ、闇の中だった。

Remake Our Life
2017 ~ 2023

次巻、完結。

MF文庫J

ぼくたちのリメイク11
無駄なことなんかひとつだって

2022年 9月 25日 初版発行

著者	木緒なち
発行者	青柳昌行
発行	株式会社 KADOKAWA 〒102-8177 東京都千代田区富士見2-13-3 0570-002-301（ナビダイヤル）
印刷	株式会社広済堂ネクスト
製本	株式会社広済堂ネクスト

Printed in Japan　ISBN 978-4-04-681659-7 C0193